Schon früh, noch ehe Hesse selber begonnen hatte, Legenden nach alten Stoffen zu schreiben und im Insel Verlag die *Gesta Romanorum* herausgab, hatte er sich gründlich mit der Erzähltradition des deutschen Mittelalters beschäftigt und eine Anzahl der Geschichten des Caesarius von Heisterbach (gestorben um 1245) aus dem Mönchslatein seines *Dialogus miraculorum* ins Deutsche rückübersetzt. Sie erschienen 1908 in der von Ludwig Thoma und ihm selbst bei Albert Langen in München herausgegebenen Zeitschrift »März«. Andere Erzählungen aus dem Mittelalter hat er 1918 in einem Sammelbändchen für die deutschen Kriegsgefangenen vereinigt, bis er 1925 die Möglichkeit erhielt, eine umfangreichere und illustrierte Auswahl von »Geschichten aus dem Mittelalter« herauszugeben, aus »jener fabelhaften Zeit, die neben dem Hexenwesen den Madonnenkult, neben wüsten Faszetien die Parsivalsage, neben grinsend grotesker Maskenkunst die großen gotischen Münster hervorgebracht hat.«

Unsere Ausgabe faßt erstmals alle diese von Hesse in verschiedenen Editionen ausgewählten »Geschichten aus dem Mittelalter« zusammen, samt seinen Vor- und Nachworten. Diese ursprünglich meist in Latein, der damaligen Bildungssprache überlieferten Texte vermitteln ein lebendiges und authentisches Bild vom Europa des 13.–15. Jahrhunderts. Die Holzschnittillustrationen stammen fast alle aus dem 15. Jahrhundert.

Zu einem Vorabdruck dieser Erzählungen schrieb Hesse: »Für den ›Gebildeten‹ von heute ist die Vorstellungs- und Glaubenswelt dieser wunderbaren Geschichten bestenfalls eine Kuriosität, für viele sogar etwas Lächerliches oder Hassenswertes, ein typisches Stück ›dunkles Mittelalter‹. Wenn jedoch der Gebildete von heute, dessen Wissen und Glauben gerade ausreichte, um den heutigen barbarischen Zustand Europas herbeizuführen, in der Geschichte zurück sucht bis zu den Anfängen dieser modernen Zustände, so findet er jenseits eben dies berüchtigte Mittelalter: die Blütezeit des europäischen Christentums und des intuitiven Seelenlebens, liegen wie ein verlorenes Paradies« … »Je klarer wir uns im Herzen vom Geruch des Weihrauchs und der Scheiterhaufen abwenden, desto eher werden uns die davon unberührten Seelenwerte jener dunklen Jahrhunderte und ihrer Dichtung wieder zu eigen gehören« … »Das Gewand [dieser Geschichten] ist alt, der Inhalt ist nicht alt und nicht neu, sondern zeitlos und immer unserer neuen Teilnahme wert wie alles Menschliche.«

insel taschenbuch 161

Geschichten aus dem Mittelalter

Geschichten aus dem Mittelalter

herausgegeben von Hermann Hesse
Aus dem Lateinischen übersetzt von
Hermann Hesse und J. G. Th. Graesse
und mit Nacherzählungen
von Leo Greiner
Insel Verlag

Neu zusammengestellt
von Volker Michels

insel taschenbuch 161
1. Auflage 1976

Insel Verlag Frankfurt am Main
Vertrieb durch den Suhrkamp Taschenbuch Verlag
Umschlag nach Entwürfen von Willy Fleckhaus
Satz: Librisatz, Kriftel · Druck: Ebner, Ulm
Printed in Germany

Inhalt

Zur Einführung

Die Erzählungen dieses Buches stammen aus zwei mittelalterlichen Quellen, aus dem »Dialogus miraculorum« des Heisterbacher Klosterpriors Caesarius und aus den »Gesta Romanorum«. Die Cäsarius-Geschichten habe ich selbst aus dem Lateinischen übersetzt, die Stücke aus den Gesta Romanorum stammen aus Graesse's Übersetzung, die im Jahre 1842 erschienen ist.

Der Dialogus miraculorum ist im dreizehnten Jahrhundert entstanden. Cäsarius ist etwa um 1245 gestorben. Er ist eigentlich nicht ein Erzählungs-, sondern ein theologisches Unterweisungs- und Erbauungsbuch, geschrieben mit der Absicht, die jungen Novizen zu unterrichten. Nur als Beispiele und Belegstücke zu den dogmatischen Unterweisungen waren die vielen kurzen Geschichten gedacht, die der gelehrte Verfasser eingeflochten hat – heute sind sie, den übrigen Inhalt des Buches überlebend, uns nicht nur lieb als schöne, interessante und zum Teil vorzüglich vorgetragene Erzählungen, sondern auch als wichtige Quelle für die Kulturgeschichte des damaligen Deutschland.

Etwas später als der Dialogus miraculorum entstanden die Gesta Romanorum. Die älteste uns bekannt gewordene Handschrift dieser sehr beliebten Geschichtensammlung stammt aus England und aus dem Jahre 1342. Ob das Buch in England oder in Deutschland entstanden sei, darüber sind die Gelehrten nicht einig, es finden sich schon sehr früh sowohl englische wie deutsche Übersetzungen des lateinischen Textes, welche Zutaten aller Art enthalten. Sicher ist, daß die Gesta mehr als zweihundert Jahre lang eines der gelesensten Bücher in Europa gewesen und in sehr viele Sprachen übersetzt worden sind.

Unsre Bildung seit bald zweihundert Jahren war ganz auf die Antike gestellt, unsere deutsche Vorzeit und die gesamte Kultur des christlichen Mittelalters wurde in einer kaum begreiflichen Weise vergessen und verdrängt, in keinem deutschen Gymnasium wurde, neben dem ciceronianischen, auch etwa Mönchslatein gelesen, obwohl dies durch Jahrhunderte die Bildungssprache unsrer Väter war. Heute nun, wo unsre Kultur erschüttert erscheint und ihre geistigen Fundamente von vielen Seiten her einer neuen Kritik unterzogen werden, regen sich (wie übrigens vorübergehend auch schon vor hundert Jahren unter den Romantikern) bei uns viele Stimmen zu Gunsten jenes vergessenen und verachteten Mittelalters. Wie in der bildenden Kunst die Werke der romanischen und gotischen Architektur und Plastik aufs neue bewundert, zum Teil ganz neu erst entdeckt wurden, so beginnen wir langsam auch in der Literatur des mönchischen Mittelalters uns umzusehen, und finden dort, ebenso wie in der frommen und innigen Kunst jener Epoche, denselben Himmel gewölbt, finden dieselbe Centrierung der ganzen Welt um einen göttlichen Mittelpunkt, dieselbe hierarchische Stufung der menschlichen Eigenschaften und Charaktere. Eine neue katholische Jugend ist da und bekennt sich begeistert zu diesen Idealen. Leidenschaftliche Bekenntnisbücher wie Landsberg's »Welt des Mittelalters« und Hugo Ball's »Folgen der Reformation« bezeugen kraftvoll diesen Umschwung.

Absicht dieser Veröffentlichung ist es nicht, propagandistisch für oder gegen diese neue katholische Welle einzutreten.

Es wird sich, wenn die heutigen Temperaturen wieder abgekühlt sein werden, zeigen, daß mit zum Guten und Bleibenden an dieser Geisteswelle die erneute Liebe und Aufmerksamkeit für die Kunst und die Dichtung des Mittelalters gehört.

Aus dem »Dialogus miraculorum des Caesarius von Heisterbach« deutsch von Hermann Hesse

Von einem einfältigen Klosterbruder, der in einem Schlosse Fleisch genoß und dadurch seinem Kloster das gesamte Vieh zurückgewann

Als der Zisterzienserabt Herr Wido nach Köln geschickt worden war, um die Wahl des Königs Otto wider dessen Gegner Philipp zu bestätigen, berichtete er dort eine ergötzliche Geschichte von heiliger Einfalt. »Eines der Häuser unseres Ordens«, so erzählt er, »war in der Herrschaft eines vornehmen und mächtigen Mannes gelegen. Der Tyrann, der weder Gott noch Menschen fürchtete, plagte das Kloster häufig und auf jede Weise. Er nahm weg, was er wollte, Korn, Wein und Vieh, und ließ den Brüdern bloß, was ihm beliebte. Er hatte sich daran gewöhnt, als wäre es sein Recht, und der Konvent, nachdem er sich oft vergeblich beklagt hatte, trug es nun eben mit Seufzen und Schweigen. Und so raubte er eines Tages den größten Teil der Herde und gab Befehl, sie zu seinem Schloß zu bringen. Abt und Mönche, als sie dies erfuhren, regten sich nicht wenig auf, und es wurde viel darüber verhandelt, was da zu tun sei. Man beschloß, es müsse einer, am besten der Abt, zum Schlosse gehen und dem Bösewicht verkündigen, was für ein Lohn im Jenseits ihm gewiß sei. Der Abt aber sagte: »Ich gehe nicht hin, es ist hoffnungslos, ihm zuzureden.« Prior und Verwalter hatten ebensowenig Lust; da fragte der Abt: »Ist einer da, der doch noch hingehen will?« Alle bleiben still, einer aber, auf göttlichen Antrieb, antwortete unverweilt: »Jener Mönch dort möge gehen!« und nannte einen, der sehr alt und sehr einfältigen Geistes war. Der Mönch wird gerufen und gefragt, ob er zum Schloß gehen wolle; er fügt sich darein, und man schickt ihn. Als er sich vom Abt verabschiedete, sprach er aus der großen Einfalt seines Herzens: »Vater, wenn ein Teil des Geraubten mir zurückerstattet würde, soll ich dann annehmen oder nicht?« Der Abt antwortete: »Nimm nur in Gottes Namen, was immer du kriegen kannst! Etwas ist besser als gar nichts.« Der Mönch ging. Er kam nach dem Schlosse und richtete jenem Tyrannen Auftrag und Bitten des Abtes und der Brüder aus. Und weil des Gerechten Einfalt, nach Hiob, eine verachtete Lampe vor den Augen der Bösen ist, so gab der Tyrann wenig auf seine Worte und sagte höhnend: »Wartet, Domine, bis ihr gefrühstückt haben werdet, dann sollt ihr Antwort bekommen.« Zur Zeit des Frühmahls ward er an die allgemeine Tafel gesetzt, und man setzte ihm die Speisen vor, welche alle aßen, nämlich eine tüchtige Portion Fleisch. Der heilige Mann erinnerte sich der Worte seines Abtes, er nahm von dem Fleisch, soviel er nur bekommen konnte, und aß wie die andern, um nicht ungehorsam zu sein; denn er zweifelte nicht daran, daß das so reichlich dargebotene Fleisch von der Herde seines Klosters stamme. Der Schloßherr saß mit seiner Frau ihm gegenüber und bemerkte recht wohl, daß der Klosterbruder Fleisch genoß, darum rief er nach der Mahlzeit den Menschen zu sich und fragte ihn: »Sagt, guter Mann, pflegt denn eure Brüderschaft, Fleisch zu essen?« »Niemals!« rief der Mönch, und jener fuhr fort, zu fragen: »Auch nicht auf Reisen?« Der Mönch gab Antwort: »Nein, sie essen kein Fleisch, nicht drinnen und nicht draußen.« Der Tyrann fragte: »Und warum habt denn ihr heut' Fleisch gegessen?« Der Bruder sprach: »Als mich mein Abt hieher sandte, schrieb er mir vor, ich dürfe nicht ausschlagen, was irgend ich von unsrem Vieh zurückbekommen könnte. Weil ich mir nun denken konnte, das aufgetragene Fleisch sei von dem unsern, und weil ich fürchtete, es möchte mir weiter nichts zurückgegeben werden, als was meine Zähne faßten, so aß ich aus Gehorsam, um nicht mit völlig leeren Händen heimzukehren.« Und weil Gott den Einfältigen nicht verwirft, noch seine Hand den Gottlosen reicht, sagte der Edelmann, gerührt durch seine Einfalt, oder vielmehr ermahnt vom heiligen Geist, der durch den Mund des Alten sprach: »Wartet hier auf mich, ich will mit meiner Frau zu Rat gehen, was ich in eurer Sache tun soll.« Er kam zu seiner Gemahlin und erzählte ihr, was der Alte gesagt hatte, dann fügte er hinzu: »Ich fürchte Gottes rasche Strafe über mich, wenn ich diesen so einfachen und braven Mann jetzt von mir weise.« Auch die Frau empfand ähnlich und gab zustimmende Antwort. Er ging zu dem Alten zurück und sagte: »Guter Vater, eurer heiligen Einfalt wegen, die mich zum Mitleiden bewegt hat, will ich eurem Kloster wiedergeben, was von jenem Vieh noch da ist, ich will auch mein Unrecht an euch gutmachen, soviel ich kann, und euch von diesem Tage an nie mehr plagen.« Auf dies Wort hin sprach der Greis seinen Dank aus, kehrte fröhlich mit der Beute ins Kloster zurück und brachte den staunenden Brüdern die Antwort des Mächtigen. Von der Zeit an hatten sie Frieden und lernten an dem Beispiel, wie groß die Tugend der Einfalt ist.« – Da habt ihr ein Exempel, wie zuweilen eine sonst verbotene Tat, der guten Absicht und des reinen Herzens wegen, licht und gut werden kann. Eigentlich hätte der Mönch mit seinem Fleisch essen eine Sünde begangen, wenn nicht die Einfalt ihn entschuldigt hätte. Und der Ausgang der Geschichte zeigt, daß er nicht bloß keine Sünde tat, sondern sich noch ein Verdienst erwarb.

Von der Wirksamkeit des Beispiels

Ein Abt vom schwarzen Orden (Benediktiner), ein guter Mann von bewährtem Wandel, hatte recht wunderliche und nachlässige Mönche. Einige von ihnen hatten sich eines Tages verschiedenerlei Fleisch und feine Weine verschafft. Aus Furcht vor ihrem Abt wagten sie diese Sachen nicht in einem der Klosterräume zu verzehren, sondern taten sich in einem großen leeren Weinfaß zusammen und brachten ihre Vorräte dahin mit. Es wurde dem Abt hinterbracht, und tief betrübt darüber kam er unverweilt gelaufen, schaute in die Tonne und verwandelte durch sein Dazukommen die Lustigkeit der Zecher in Trauer. Er sah sie an, wie sie erschrocken waren, da spielte er den Munteren, trat zu ihnen hinein und sagte: »Oho, Brüder, habt ihr da ganz ohne mich schmausen und zechen wollen? Das ist nicht recht. Wahrhaftig, ich werde mithalten.« Und er wusch sich die Hände, aß und trank mit ihnen und gab ihnen durch sein Beispiel die verlorene Munterkeit wieder. Am folgenden Tage – nachdem er aber den Prior vorbereitet und instruiert hatte – trat der Abt in Gegenwart jener Mönche im Kapitel vor den Prior hin, bat demütigst um Verzeihung, spielte Schrecken und Zittern und rief: »Herr Prior, ich beichte Euch und allen meinen Brüdern hier, daß ich Sünder dem Laster der Völlerei erlegen bin und gestern, heimlich in einer Weintonne versteckt, gegen Vorschrift und Regel meines heiligen Vaters Benedikt Fleisch genossen habe.« Damit ließ er sich nieder und begann sich zur Bußübung zu bereiten. Dem Prior, der ihn davon abhalten wollte, gab er zur Antwort: »Laßt mich nur Streiche erleiden; es ist besser, ich büße hier als im zukünftigen Leben.« Nach der Strafe und Pönitenz kehrte er an seinen Platz zurück. Jene Mönche aber fürchteten, er würde sie aufrufen, wenn sie ihre Schuld verheimlichten, also erhoben auch sie sich und beichteten dasselbe Vergehen. Der Abt ließ ihnen durch einen vorher dazu angewiesenen Mönch tüchtige Strafen angedeihen, nahm sie scharf her und bedrohte sie mit hoher Strafe, damit Ähnliches nimmer vorkäme. So heilte er als ein kluger Arzt den Schaden, den er durch Worte nicht beheben konnte, durchs Exempel.

Abt Petrus von Clairvaux und der Ritter

Herr Peter, Abt von Clairvaux, der von einer Krankheit her einäugig geblieben war, ein heiliger Mann, dem Namen wie der Tat nach ein Nachfolger des Apostels Petrus, wurde »Sohn der Taube« genannt, weil er von großer Reinheit und Einfältigkeit war. Mit ihm und seinen Brüdern lag ein Ritter im Streit wegen gewisser Güter. Sie setzten einen Tag fest, da sollte der Ritter

sich mit dem Abte in der Sache einigen oder aber vor dem Richter seine Klage anbringen. Der Ritter fand sich mit seinen Freunden ein, und es kam auch der Abt, einzig von einem einfältigen Mönche begleitet. Sie erschienen aber nicht zu Pferde, sondern zu Fuß. Der ehrwürdige Abt, der ein Freund des Friedens und der Armut war und ein Verächter vergänglichen Besitzes, redete vor allen den Ritter an: »Du bist ein Christenmensch. Wenn du wahr und wahrhaftig sagst, daß die Güter, um die es sich handelt, dir gehören und an dich gelangen müssen, so wird dein Zeugnis mir genug sein.« Jener, mehr um den Erwerb der Güter als um die

Wahrheit besorgt, antwortete: »Ich sage in Wahrheit, daß diese Güter mein sind.« Auf dieses hin sprach der Abt: »Also seien sie dein, ich werde weiterhin keinen Anspruch mehr auf sie machen.« Und so wandte er sich nach Clairvaux zurück. Der Ritter kam wie ein Sieger zu seiner Gemahlin nach Hause, und da er ihr alles vortrug, was der Abt gesprochen und was er selbst getan, da erschrak die Frau über jene so reinen und einfältigen Worte und sagte: »Arglistig hast du an diesem heiligen Abt gehandelt; Gottes Strafe wird uns treffen. Wenn du dem Kloster nicht seine Güter zurückgibst, will ich nichts mehr mit dir zu tun haben.« Erschrocken begab sich der Ritter nach Clairvaux, verzichtete auf jene Güter und bat den Abt um Verzeihung für das ihm angetane Unrecht.

Bestrafung eines Spielers, der die heilige Jungfrau lästerte

Im Librum miraculorum Claraevallis lesen wir etwas Grausiges von zwei Spielern. Weil der eine von diesen beim Spiel verlor und den andern, der Glück hatte, beneidete, so fing er an, den lieben Gott mit Lästerungen zu bewerfen, um seine Wut zu zeigen. Sein Kamerad aber, vom selben bösen Geiste besessen, rief: »Schweige du, du verstehst dich ja gar nicht richtig auf's Fluchen!« Damit schmähte und lästerte er noch ärger gegen Gott. Aber als er nun auch auf Gottes Mutter zu schmähen und zu fluchen begann, wurde eine Stimme von oben gehört: »Meine eigene Schmähung habe ich mir noch gefallen lassen, die meiner Mutter aber kann ich nicht ertragen.« Alsbald wurde der Mensch am Tische, wo er saß, von einem Unsichtbaren mit sichtbarer Wunde durchbohrt; unter Schäumen gab er den Geist auf.

Vom Ritter und dem Apfelbaum

Ein Ritter, so habe ich aus eines frommen Mannes Mund vernommen, hatte viele Schandtaten begangen. Zuletzt trieb ihn die Reue, er kam zu einem Priester, legte ihm seine Beichte ab, und es wurde ihm eine Buße auferlegt, die er aber nicht durchführen konnte. Nachdem ihm das mehrmals passiert war, sagte eines Tages der Priester: »So kommen wir an kein Ziel. Sage mir also: gibt es irgendeine Buße, die du auch halten kannst?« Der Ritter erwiderte: »Auf meinem Gute steht ein Apfelbaum, der trägt so saure und elende Früchte, daß ich sie nie habe essen können. Wenn ihr damit einverstanden seid, so sei das meine Buße, daß ich zeitlebens von diesen Äpfeln nicht genieße.« Der Priester wußte, daß häufig etwas nur verboten sein braucht, um mit des Fleisches und des Teufels Hilfe Versuchung zu wecken, und er antwortete: »Für alle deine Sünden auferlege ich dir, daß du niemals wissentlich von den Früchten jenes Baumes essest.« Der Ritter ging seines Weges und achtete die auferlegte Buße fast als wäre es keine. Der Baum stand aber an

einem solchen Orte, daß der Ritter ihn sehen konnte, so oft er seinen Hof betrat oder verließ. Dabei wurde er jedesmal des Verbotes erinnert, und mit der Erinnerung kam bald die schwerste Versuchung. Eines Tages ging er an dem Baum vorbei und sah sich die Äpfel an. Da wurde er von dem, der den ersten Menschen durch das verbotene Holz versuchte und unterwarf, so stark in Versuchung geführt, daß er zu dem Baume trat und, indem er seine Hand bald nach einem Apfel ausstreckte, bald wieder zurückzog, beinahe den ganzen Tag so zwischen Trieb und Gegentrieb verbrachte. Die Gnade stand ihm bei, daß er am Ende Sieger blieb. Jedoch war der Kampf gegen die Begierde so schwer, daß er mit zuckendem Herzen unter dem Apfelbaume liegen blieb und den Geist aufgab.

Von einem Abt von Sankt Pantaleon, der seinem Bruder von den Klostergeldern gab

Im Kloster des heiligen Pantaleon in Köln war ein gewisser Abt, der hatte einen leiblichen Bruder, einen Bürger ebendieser Stadt. Da er ihn weltlich liebte, gab er ihm im Verborgenen häufig von dem Gelde des Klosters. Der Bruder tat dies Geld zu seinem eigenen, trieb Handel damit und geriet in Schaden, er mochte unternehmen was immer er wollte. Ihm wurde unvermerkt das Klostergeld gleichsam zu Feuer, das eigene zu Stroh. Und da er in Geschäften recht kundig war und umsichtiger als seine Kollegen, konnte er sich über deren Gedeihen und sein eigenes Mißgeschick nicht genug verwundern. Da ihm der Abt, von Mitleid bewegt, immer wieder Geld gab, und der Bruder, statt vorwärts zu kommen, immer mehr in Verlust geriet, begann der Abt selber zu verarmen und sagte: »Was machst du denn eigentlich, Bruder, warum vertust du

dein Gut so jämmerlich zu deiner und meiner Beschämung?« Jener sagte: »Ich lebe äußerst sparsam, meinen Handel betreibe ich mit größter Vorsicht, ich kann nicht verstehen, was da mit mir vorgeht.« Zuletzt ging er in sich und lief zu einem Priester, dem erzählte er in der Beichte alles, was ihm passiert war. Der Priester sprach zu ihm: »Nutze meinen Rat, und du wirst rasch reich werden! Das Geld deines Bruders ist gestohlen, es hat darum das deine verschlungen. Nimm fernerhin nichts mehr von ihm an, wirtschafte aber mit dem Wenigen, was dir geblieben ist, so wirst du sehen, daß Gottes gütige Hand über dir ist. Von allem aber, was du gewinnst, gib die Hälfte deinem Bruder zurück, und lebe vom Übrigen, solange bis du alles Klostergeld zurückerstattet hast, das du bekamst.« Wunderbar ist des Herrn Gnade! Der Mann gehorchte dem Rat seines Beichtvaters und wurde in kurzem so reich, daß er nicht nur selber übergenug hatte, sondern auch dem Bruder das von ihm Erhaltene zurückgeben konnte. Als der Abt ihn fragte: »Woher kommt dir dieser Reichtum, Bruder?« gab er zur Antwort: »Solange ich von dem Geld deiner Klosterbrüder nahm, war ich stets arm und elend, und du hast schwere Sünde getan, als du mir gabst, was nicht dir gehörte, und ebenso übel tat ich, daß ich annahm, was andern gehörte. Seit ich das bereut habe und Diebstahl verabscheue, hat Gottes Segen mir Überfluß gegeben.« So wertvoll ist guter Rat in der Beichte.

Vom Seelenheil

Ein Geistlicher zu Paris hat vor wenigen Jahren ein furchtbares Wort gegen die Bischöfe gesprochen. Er sagte: »Ich kann alles glauben, nur das nicht, daß irgendein deutscher Bischof selig werden könne.«

Novize: Warum verurteilte er die deutschen Bischöfe mehr als die von Frankreich, England, der Lombardei und..?

Mönch: Weil nahezu sämtliche deutschen Bischöfe

beiderlei Schwert führen, das geistliche wie das wirkliche; weil sie über Leben und Tod richten und Kriege führen, müssen sie sich mehr um die Löhnung der Soldaten kümmern als um das Heil der ihnen anvertrauten Seelen. Dennoch finden wir unter den Bischöfen von Köln, die zugleich Kirchen- und Weltfürsten waren, einige Heilige, wie den seligen Bruno, die Heiligen Heribert und Anno. Doch bei Gelegenheit des erwähnten Ausspruches fällt mir ein anderes, noch schrecklicheres Wort ein, das ein Verstorbener gegen die Bischöfe sprach.

In Clairvaux wurde zu unsern Zeiten ein Mönch zum Bischof gewählt. Die ihn gewählt hatten, wollten ihn holen, und als er sich weigerte, die Last seines Amtes auf sich zu nehmen, kam der Befehl seines Abtes hinzu. Er aber fügte sich nicht darein. Man ließ ihn denn in Ruhe, und bald darauf starb er. Nach seinem Tode erschien er einem seiner Verwandten; der befragte ihn über seinen Zustand und ob sein damaliger Ungehorsam ihm jetzt zu schaffen mache. Er gab zur Antwort: »Nein. Wäre ich gehorsam gewesen und hätte das Episkopat angenommen, so wäre ich der ewigen Verdammnis verfallen.« Und er setzte die furchtbaren Worte hinzu: »Dahin ist es mit der Kirche gekommen, daß sie nur noch von verworfenen Bischöfen regiert zu werden verdient.«

– Zur Zeit des Kaisers Friedrich, des Großvaters unseres jetzt regierenden Friedrich, saß Bischof Christian von Mainz einmal neben einem lombardischen Bischof und wurde von diesem gefragt, ob er alle Menschen in seinem Bistum kenne. Er lächelte und sagte: »Ich schätze, mein Bistum ist nicht kleiner als die ganze Lombardei.« Da erblaßte jener gute und besorgte Bischof, indem er die Gefahr bedachte, die dem andern beim Ablegen der Rechenschaft drohe. Er antwortete: »Ich kenne die Namen von allen mir Anvertrauten und trage sie auf dieser Liste stets bei mir.« Und damit zeigte er dem Kölner die Liste.

Christus als Armer

Es ist noch nicht lange her, da wollte ein Armer, ich weiß nicht aus welchem Grunde, mit dem Herzog Heinrich sprechen, der noch am Leben ist, und bemühte sich, vor ihn zu gelangen. Da einer der Kammerdiener im Zorn ihn an den Schultern packte und erbarmungslos mit dem Stocke schlug, sah dies ein Laienbruder von unsrem Orden und seufzte, denn jener tat ihm bis zum Weinen leid. Nachts darauf erschien ihm im Traum der Heiland über dem Altar in großer Herrlichkeit und sprach: »Ich danke dir, daß du gestern solches Mitleid mit mir hattest, als der Kammerdiener des Herzogs mich ohne Grund so unbarmherzig geschlagen hat.« Von dieser Stimme erwachte der Laienbruder, und erkannte, daß in seinen Gliedern Christus noch heutigen Tages leidet.

Vom Zeichendeuten

Voriges Jahr erzählte uns der selige Abt Theobald von Eberbach folgendes: Ein Mönch, der irgendwohin unterwegs war, hörte einen Kuckuck rufen. Er zählte nach und zählte auf zweiundzwanzig. Das nahm er als ein Zeichen, daß er noch ebenso viele Jahre zu leben habe. »Eia«, sagte er, »noch zweiundzwanzig Jahre werde ich am Leben sein! Was soll ich mich so lange Zeit im Kloster begraben? Ich kehre in die Welt zurück, ergebe mich dem Weltleben und genieße zwanzig Jahre lang seine Freuden. In den zwei Jahren, die mir dann noch bleiben, werde ich sodann Buße tun.« Aber Gott, dem das Zeichendeuten verhaßt ist, verfügte anders über ihn. Die zwei Jahre, die jener zur Buße bestimmt hatte, ließ er ihn im Weltleben weilen, die der Welt gewidmeten zwanzig Jahre aber zog er ihm ab (und ließ ihn sterben).

Die Beichte im Traum

Ein junger Mann wurde in einem Kloster unseres Ordens ins Noviziat aufgenommen. Nach ganz kurzer Zeit wurde dieser Novize schwer krank und kam dem Tode nah. Er hatte nun aber noch nicht, wie es im Orden Brauch ist, dem Abt eine Generalbeichte abgelegt, weil jener abwesend war. Da er ihn mit großem Verlangen erwartete, er aber nicht kam, beichtete er dem Prior alle seine Sünden. Und so kam denn auch sein letztes Stündlein, ehe der Abt zurückkehrte. Aber in eben dieser Nacht, da der Abt in einem Hofe auswärts schlief, erschien vor seinem Bett der Geist des Verstorbenen und flehte in Demut, es möge ihm vergönnt werden, vor dem Abt zu beichten. »Gerne werde ich dich anhören«, antwortete der Abt dem Novizen; da beichtete der Jüngling alle seine Sünden in der gleichen Art und Reihenfolge wie er dem Prior gebeichtet hatte. Seine Reue war so groß, daß sogar aus den Augen des Novizen Tränen auf die Brust des Abtes zu fallen schienen, denn jener stand bei seiner Beichte über ihn geneigt. Nach vollzogener Beichte sagte er diese Worte: »Ich gehe nun, Vater, mit deinem Segen dahin; wenn ich nicht dir meine Beichte abgelegt hätte, hätte ich nicht gerettet werden können.« Bei dieser Rede wachte der Abt auf und wollte erproben, ob die Erscheinung eine wirkliche gewesen sei oder, wie es oft vorkommt, nur ein Trug der Einbildung. Er betastete die Kutte um seine Brust, die er ganz naß und mit Tränengüssen genetzt fand. Er wunderte sich sehr, und als er bei der Heimkehr den Traum dem Prior erzählte, gab dieser zur Antwort: »Wahr ist die Erscheinung gewesen, und wörtlich wahr die Beichte.«

Von der Verlockung des Verbotenen

Im Bistum Köln sind zwei adelige Familien, stark und stolz durch ihre Größe wie durch Reichtum und Macht. Die eine stammt von Bachem, die andere von Gürzenich. Zwischen ihnen waren einst so heftige und tödliche Fehden, daß kein Mensch – auch nicht ihr eigener Bischof – sie besänftigen konnte; vielmehr brach der Hader mit Rauben, Brennen und Morden immer wie-

der neu aus. Und die von Gürzenich bauten sich im Wald auf ihrem Gebiet ein festes Haus, nicht aus Furcht vor den Feinden, sondern um darin sich zu sammeln, Rast zu halten und in gemeinsamen Ausfällen die andern noch schärfer zu bekriegen. Sie hatten aber einen Leibeigenen namens Steinhard, dem vertrauten sie die Schlüssel der Festung an. Er aber, vom Teufel angestiftet, sandte heimlich den Gegnern einen Boten und versprach, ihnen seine Herren samt dem Hause in die Hand zu geben. Doch die von Bachem fürchteten Verrat und gaben wenig auf seine Worte. Als er ihnen den Boten nochmals und zum drittenmal gesandt hatte, kamen sie eines Tages bewaffnet und aus Furcht vor einem Hinterhalt in großer Menge und warteten in der Nähe des Hauses auf den Knecht. Der Verräter kam zu ihnen heraus, und als sie noch immer Bedenken hatten, überzeugte er sie, indem er allen seinen Herren, die drinnen im Mittagsschlaf lagen, die Schwerter wegnahm und herausbrachte. Die Bewaffneten drangen ein und machten alle nieder; den Knecht nahmen sie, wie sie ihm geschworen hatten, bei sich auf. Später begab sich dieser Elende, über seine scheußliche Tat bekümmert und in Angst geraten, vor den Heiligen Stuhl, beichtete seine Schuld und bekam eine hinlängliche Pönitenz auferlegt. Aber er unterlag dem Versucher und hielt die Buße nicht ein. Wieder kam er zum Papst gelaufen, übernahm wieder eine Pönitenz, die er jedoch abermals nicht innehielt. Das wiederholte sich mehrmals. Der Beichtvater faßte nun einen Widerwillen gegen den Kerl, er wollte ihn loswerden, und da er sah, daß jener nicht vorwärts komme, sagte er: »Weißt du etwas, was du als Buße auf dich nehmen und auch befolgen kannst?« Der Mann antwortete: »Ich habe niemals Knoblauch essen können. Ich weiß gewiß, wenn ich es als Buße für meine Sünden auf mich nähme, mich seiner zu enthalten, so würde ich das nie übertreten.« Darauf erwiderte der Beichtvater: »Geh, und künftig darfst du zur Strafe für deine großen Sünden keinen Knoblauch mehr essen.« Der Mensch verließ die Stadt, da sah er in einem Garten Knoblauch stehen, und sofort begann er auf des Teufels Geheiß ein Verlangen danach zu tragen. Er blieb stehen, schaute den Knoblauch an und kam in heftige Versuchung. Das sich steigernde Gelüst ließ den Elenden nicht weitergehen, und doch wagte er noch nicht, nach dem verbotenen Knoblauch zu greifen. Was soll ich mehr Worte machen? Am Ende war der Gaumenreiz stärker als der Gehorsam, der Mann ging in den Garten und aß. Seltsam! Den Knoblauch, von dem er nie hatte kosten können, wenn er noch so gut gekocht und zubereitet und ihm außerdem erlaubt war, aß er jetzt, gegen das Verbot, roh und unreif. So jämmerlich der Versuchung erlegen, kehrte er in großer Verlegenheit zur Kurie zurück und erzählte, was er getan hatte. Da stieß ihn der Beichtvater mit Entrüstung von sich und verbot ihm, ihn weiter zu belästigen. Was schließlich aus dem Kerl wurde, weiß ich nicht.

Vom Nachteil des Predigens

Bei einer Feierlichkeit hielt der Abt Gevard, der Vorgänger des jetzigen, uns im Kapitel eine Predigt. Da nahm er wahr, daß die meisten, besonders von den Konvertiten, schliefen und einige sogar schnarchten. Plötzlich rief er laut: »Hört, Brüder, hört! Ich weiß euch eine neue schöne Mär. Es war einmal ein König, der hieß Artus – –.« Hier fuhr er aber nicht fort, sondern sagte: »Sehet, Brüder, wie traurig! Als ich von Gott redete, schliefet ihr ein. Sobald ich aber Worte des Leichtsinns anhebe, wacht ihr alle auf, spitzt die Ohren und horcht.« Ich war selber bei jener Predigt anwesend.

Die Buße des Vornehmen

Ein Ritter Heinrich aus Bonn machte einmal bei uns die Bußübungen der Fastenzeit mit. Als er in seine Heimat zurückgekehrt war, traf er eines Tages unsern Abt Gevard an und sagte zu ihm: »Herr Abt, verkauft mir den Stein, der neben der und der Säule Eures Oratoriums liegt; ich gebe Euch dafür, was Ihr nur fordert.« Der Abt fragte: »Wozu habt Ihr ihn denn nötig?« und jener erwiderte: »Ich will ihn in mein Bett legen. Denn

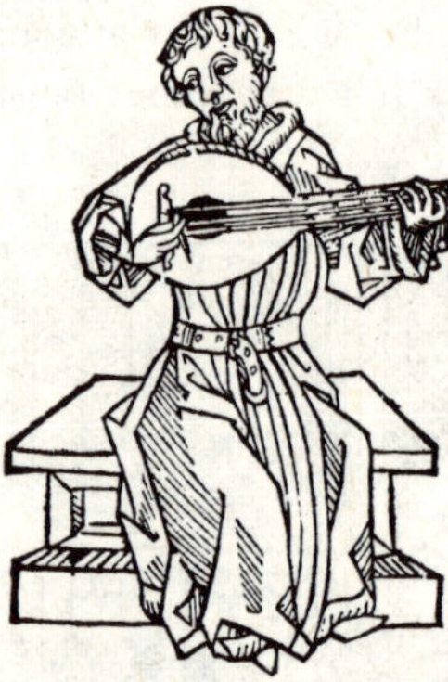

er hat die Eigenschaft, daß ein Schlafloser nur den Kopf auf ihn zu legen braucht, um sofort einzuschlafen.« Das hatte ihm damals während der Bußzeit der Teufel angerichtet, daß ihn sofort der Schlaf überfiel, so oft er beim Kirchgang sich zum Beten auf jenen Stein niederließ. Ähnlich soll ein vornehmer Mann, der zum Zweck derselben Bußübung in Himmerode gewesen war, gesagt haben: »Die Steine im Oratorium des Klosters sind weicher als alle Bettkissen meines Hauses.«

Das sich verneigende Kreuz

Wie ich vernahm, hatte unlängst in unserer Provinz ein Ritter den Vater eines andern Ritters umgebracht. Zufällig begab es sich, daß der Sohn des Getöteten den Mörder in seine Gewalt bekam. Da er diesen, zur Rache für seinen Vater, mit angezogenem Schwerte niedermachen wollte, warf sich jener ihm zu Füßen und sagte: »Herr, ich bitte euch um der Ehre des heiligsten

Kreuzes willen, an welchem Gott sich der Welt erbarmte, erbarmet auch ihr euch meiner!« Betroffen durch diese Worte stand jener da und überlegte, was er tun solle, und das Erbarmen wurde mächtig in ihm, daß er den Mann aufhob und sprach: »Siehe, zu Ehren des heiligen Kreuzes, damit Er, der an ihm gelitten hat, mir meine Sünden vergebe, erlasse ich dir nicht nur deine Schuld, sondern werde auch dein Freund sein.« Und gab ihm den Kuß des Friedens. Wenig später fuhr der Ritter, mit dem Kreuze gezeichnet, über das

Meer, und als er mit anderen Kreuzfahrern, angesehenen Männern aus seiner Provinz, in die heilige Grabkirche trat und vor dem nächsten Altar vorbeiging, verneigte sich vom Kreuze herab das Bild des Herrn tief vor ihm. Einige von ihnen, da sie dies wahrnahmen, aber nicht wußten, wem diese hohe Ehre gelte, berieten sich und kehrten dann einzeln, einer um den andern, an jene Stelle zurück, vor keinem aber neigte sich das Bild, als vor ihm. Nun fragten sie nach der Ursache, und indem er sich seiner solchen Ehre unwürdig bekannte, kam ihm wieder ins Gedächtnis, was wir oben erzählt haben. Die Brüder, denen er es erzählte, wunderten sich über solche Demut Gottes, und wußten, daß die Verneigung des Bildes eine Danksagung bedeutet hatte.

Maria und der arme Priester

Ein Abt unseres Ordens erzählte mir von dem heiligen Thomas von Canterbury, der zu unsereren Zeiten zum Märtyrer wurde, etwas recht Ergötzliches, was man weder in seiner Passion zu lesen findet noch in den Büchern seiner Wunder. Ein dummer Priester in seiner Diözese wußte keine andere Messe als die von Unsrer Lieben Frau, diese zelebrierte er jeden Tag. Bei dem seligen Bischof lief deswegen Klage über den Priester

ein, und der Ehre des Sakramentes wegen verbot ihm dieser, fürderhin die Messe zu lesen. Er kam dadurch in Not und Armut, und da er dringlich die heilige Jungfrau anrief, erschien ihm diese und sagte: »Gehe zum Bischof und sage ihm von mir, daß er dir dein Amt wiedergeben soll.« Der Priester meinte: »Herrin, ich bin ein armer und geringer Mensch, er wird mich nicht anhören, ich werde nicht einmal Zutritt zu ihm erlangen.« Die heilige Jungfrau sagte: »Geh' nur, ich werde dir den Weg bereiten.« Er aber erwiderte: »Herrin, der Bischof wird meinen Worten nicht glauben.« Die Jungfrau sagte: »Du sollst ihm dies zum Zeichen sagen: einst, zu der und der Stunde und an dem und dem Orte, hat er sein härenes Hemde geflickt, und ich habe ihm geholfen, indem ich es auf der einen Seite hielt. Er wird dir alsdann sofort glauben.« In der nächsten Frühe fand der Priester ohne Hindernis Einlaß beim Bischof und richtete ihm die Botschaft der heiligen Mutter Gottes aus. »Wie soll ich glauben, daß du wirklich von ihr gesandt bist?« fragte der, und der Priester erzählte jenes Zeichen mit dem Hemde. Als er dies gehört, sagte der selige Bischof mit Staunen und Schreck: »Sieh', ich gebe dir dein Amt wieder und schreibe dir vor, du sollst nur die Messe Unserer Lieben Frau singen und begehen, für mich aber sollst du beten.«

Heimsuchung eines Klosters

In Brabant gibt es ein Haus unseres Ordens, mit Namen Villers, dort ist den Gästen und den Bedürftigen sehr viel Gutes erwiesen worden, wie es dort auch heute noch geschieht. Dies Jahr waren teure Zeiten in jener Provinz, darum machten die Mönche im Kloster eine Schätzung, wieviel die Ernte ergeben werde, und, wie es in der menschlichen Schwäche liegt, fürchteten sie Verlust und wurden einig, die reichlichen Gaben, die sie sonst den Armen zuzuwenden gewohnt waren, ihnen nun bis zur Erntezeit nicht mehr zu gönnen. Es geschah dies, wie sich später zeigen sollte, durch eine Versuchung des Teufels. In der Nacht darauf, so hat uns ein von eben jenem Kloster kommender Mönch erzählt, brach der Fischteich nahe beim Kloster aus, überschwemmte mehrere Magazine und richtete schweren Schaden an. Die Brüder, als redliche und gottesfürchtige Männer, suchten den Grund dieser Heimsuchung in ihren Sünden und namentlich in dem Geiz, den sie den Armen zugedacht hatten; sie änderte jenen Ratschluß und erwiesen jenen die gewohnten Wohltaten wie immer.

Besuch in der Hölle

Folgendes habe ich aus wiederholten Erzählungen unseres greisen Bruders Konrad, der beinahe hundert Jahr alt ist. Da er selber aus Thüringen stammt und vor seiner Bekehrung Waffendienst tat, ward ihm vieles über die Geschichte des Landgrafen Ludwig bekannt. Dieser hinterließ bei seinem Tode zwei Söhne als Erben: Ludwig, der im ersten Kreuzzug unter Kaiser Friedrich fiel, und Hermann, der sein Regierungsnachfolger wurde und kürzlich gestorben ist. Ludwig aber, der ein recht ordentlicher und humaner Mann und, richtiger gesagt, weniger schlimm als andere Tyrannen war, erließ einmal folgenden Aufruf: »Wenn sich jemand finden sollte, der mir verbürgte Wahrheit über die Seele meines Vaters sagen kann, so würde er ein schönes Haus von mir geschenkt bekommen.« Dies hörte ein armer Rittersmann, der zum Bruder einen in der Schwarzkunst wohl bewanderten Kleriker hatte. Als er diesem die Worte des Fürsten mitgeteilt hatte, sagte der: »Lieber Bruder, ich pflegte früher den Teufel durch Sprüche zu beschwören und fragte ihn, was ich wollte, aber schon längst habe ich auf seine Unterredungen und Künste verzichtet.« Der Ritter setzte ihm auf jede Weise zu, erinnerte ihn an seine Armut und an die versprochene Ehrengabe, und endlich gab der Kleriker seinen Bitten nach und rief einen bösen Geist herbei. Der Gerufene kam und fragte, was er wolle. Der Kleriker erwiderte: »Es tut mir leid, daß ich mich dir so lange Zeit ferngehalten habe. Ich beschwöre dich, mir zu sagen, wo die Seele meines Herrn, des Landgrafen, weile.« Darauf der Dämon: »Wenn du mit mir kommen willst, werde ich ihn dir zeigen.« Und jener: »Gern würde ich ihn sehen, wenn ich es ohne Gefahr für mein Leben tun könnte.« Der Dämon sagte: »Ich schwöre dir beim Höchsten und seinem furchtbaren Gericht, daß ich dich, wenn du dich mir anvertraust, unversehrt dorthin und wieder hieher zurückbringen werde.« Der Kleriker, um des Bruders willen, gab sich ihm anheim und stieg auf des Teufels Nacken. Dieser trug ihn in kurzer Zeit vor das Höllentor. Der Kleriker blickte hinein und erschaute schauderhafte Orte und Bestrafungen aller Art und auch einen Teufel von schrecklichem Aussehen, der über einem zugedeckten Loche saß. Bei diesem Anblick

zitterte der Kleriker am ganzen Leibe. Dieser Teufel fragte den, der den Menschen trug: »Wer ist der da, den du am Halse trägst?« Er gab Antwort: »Es ist ein Freund von uns. Ich habe ihm bei deiner hohen Macht zugeschworen, ihm die Seele seines Landgrafen zu zeigen und ihn unverletzt zurückzubringen, damit er jedermann deine unermeßliche Macht verkünde.« Sogleich entfernte jener den glühenden Deckel, auf dem er gesessen war, steckte eine eherne Trompete in das Loch und blies so gewaltig, daß dem Kleriker die ganze Welt zu erdröhnen schien. Nach einer, wie ihm vorkam, unendlich langen Stunde spie der Abgrund Schwefelflammen aus, zugleich mit den aufsteigenden Funken erschien der Landgraf und zeigte sich dem Kleriker bis zum Halse sichtbar. Er sprach zu ihm: »Siehe, da bin ich, der arme Landgraf, ehemals dein Herr. Jetzt aber wäre mir's lieber, ich wäre nie geboren.« Der Kleriker: »Mich schickt Euer Sohn, daß ich ihm von Eurem Zustand berichten könne; und wenn Euch irgendwie geholfen werden kann, müßt Ihr es mir sagen.« Jener antwortete: »Meinen Zustand siehst du ja. Aber du sollst wissen: Wenn meine Söhne die und die Besitzungen der und der Kirchen (er nannte sie mit Namen), die ich unrechterweise an mich gerissen habe, zurückerstatten und jenen erblich überlassen wollten, würden sie meiner Seele große Linderung verschaffen.« Als nun der Kleriker meinte: »Herr, sie werden mir nicht glauben«, sagte er: »Ich sage dir ein Zeichen, das niemand kennt als ich und meine Söhne.« Er teilte ihm das Zeichen mit und versank vor seinen Augen in den Schlund, jenen aber brachte der Dämon zurück. Das Leben hatte er nicht eingebüßt, doch war er so blaß und entkräftet, daß man ihn kaum mehr erkannte. Er überbrachte den Söhnen ihres Vaters Worte und wies die Zeichen vor, dem Verdammten aber brachte er wenig Nutzen. Sie wollten sich nicht dazu verstehen, die Besitzungen herauszugeben. Doch antwortete Landgraf Ludwig dem Kleriker: »Ich anerkenne die Zeichen und zweifle nicht, daß du meinen Vater gesehen hast; die versprochene Belohnung sei dir nicht vorenthalten.« Jener aber sagte: »Herr, behaltet Euer Haus; ich werde nur noch an das Heil meiner Seele denken.« Er ließ alles hinter sich und wurde Zisterziensermönch.

Der Mönch mit den Tränen

Ein gewisser Mönch erzählte mir, als ich Novize war, eine Geschichte von einem Klosterbruder. Der lag eines Tages im Gebet vor einem Altare, und der Herr begabte ihn so sehr mit der Gnade der Tränen, daß er noch den Boden damit benetzte. Da entstand in seinem Herzen (es war, wie sich hernach erwies, durch des Teufels Einfluß) ein eitles Ruhmgefühl, daß er zu sich

selber innerlich sagte: »O möchte doch jemand es sehen, wie begnadet ich bin!« Alsbald zeigte sich der, der ihm dies eingegeben, stand zur Seite neben ihm und blickte mit größter Teilnahme auf seine Tränen. Er erschien aber in der Gestalt eines schwarzen Mönches. Die Augen erhebend, aus innerem Schrecken sowohl wie wegen der Schwärze des Kleides, bemerkte der Beter, daß es ein Teufel, der Veranlasser seiner Überhebung, sei; und nun jagte er den, den er durch seine lasterhafte Eitelkeit gerufen hatte, durch Tugend und mit dem Zeichen des Kreuzes von sich. Wegen Gefahren solcher Art wird den Betern von Gott befohlen, in ihr Kämmerlein zu gehen und die Tür hinter sich zu verschließen, das will sagen, menschlichem Lob aus dem Wege zu gehen.

Die Läuse und das Himmelreich

Der Abt Daniel von Schönau erzählte mir, ein ehrenwerter und bekannter Ritter sei in Camp Mönch geworden. Dieser hatte zum Freund einen anderen ebenso tapferen Kriegsmann, der noch dem Weltleben gehörte. Diesen ermahnte er eines Tages zur Konversion, da antwortete ihm der gar kleinmütig: »Wahrhaftig, mein Freund, ich träte vielleicht in den Orden, wenn nicht eines wäre, wovor mir bange ist.« Der Mönch fragte, was denn das für ein Ding sei, und der Ritter

erwiderte: »Das Ungeziefer in den Kleidern. Im wollenen Zeug gibt es eben viele Tierchen.« Jener lachte und sagte: »O du tapferer Ritter! Wer im teuflischen Krieg keine Furcht vor den Schwertern hat, braucht der in Christi Dienst die Läuse zu fürchten? Werden dich die Läuse um das Himmelreich bringen?« Jener schwieg darauf, antwortete aber in Bälde durch die Tat. Durch Zuspruch und Beispiel des andern bewogen, trat auch er in den Orden. Später geschah es einmal, daß die beiden einander in der Peterskirche in Köln begegneten. Der Mönch von Camp grüßte den andern nach der Ordensregel und fügte lächelnd hinzu:

»Was ist, Bruder? Hast du noch Angst vor dem Ungeziefer?« Jener wußte noch wohl, woher diese Frage stammte, und sagte ebenfalls lächelnd das gute, merkenswerte Wort: »Glaube mir, Bruder, und sei versichert: Wenn alle Läuse sämtlicher Mönche sich zusammentäten, sie vermöchten doch nicht, mich vom Mönchsstande wegzubeißen.«

Die fette Henne

Es ist nicht lange her, da hielten einige Mönche in Prüm im Haus eines Weltpriesters ein Gelage, genossen verschiedenerlei Fleisch und tranken vortrefflichen Wein bis gegen Mitternacht. Und als sie übersatt waren, rief der Priester beim Hahnenschrei einen Schüler namens Johannes her, den ich wohl gekannt habe, und sagte: »Wahrhaftig, wir wollen noch weiter schmausen. Geh und bring uns die Henne, die du auf der Stange neben dem Hahn sitzen findest, weil die meistens fetter

als die andern ist, und mache sie uns fertig.« Er drehte ihr den Hals um, öffnete den Bauch, steckte die Hand hinein und dachte, alle Eingeweide auf einen Griff zu entfernen. Was er aber herauszog, war eine mächtig große Kröte. Er fühlte, wie sie sich in seiner Hand bewegte, warf sie weg, sah, was es war, und rief alle mit seinem Geschrei herbei. Da sie die Hühnergedärme in eine Kröte verwandelt sahen, gingen sie verstört vom Ort des Gelages weg, denn sie merkten, daß es ein Teufelsspuk war. Das hat mir einer von jenen Brüdern, der dabei war und es selber sah, erzählt.

Kurze Versuchung

Bruder Gottschalk von Volmuntstein erzählte mir, daß einstmals der Teufel dem Bruder Hermann von Arensberg in der Gestalt eines seiner Bekannten eine Schüssel mit Fischen dargereicht habe. Jener, weil es noch früh war, sagte, er solle sie hinstellen und gehen. Als es Zeit war, sie zu bereiten, fand man in der Platte, in der zuvor nur Fische zu sehen gewesen waren, Pferdemist.

Der Ritter und die Mutter Gottes

Ein junger Rittersmann lebte bei einem anderen, reichen Ritter, der sein Gebieter war und dessen Lehensmann er war. Und obschon er im Alter der Blüte war, blühte er doch mehr noch durch die Tugend der Keuschheit. Durch den neidischen Satan aber angestiftet, begann er sich durch die Gemahlin seines Herrn heftig versucht zu fühlen. Als er ein Jahr hindurch diese Versuchung immerzu erduldet hatte und sie ihm unerträglich wurde, überwand er die Scheu und eröffnete seiner Herrin, was er litt. Da er von ihr eine Abweisung erfuhr, wurde er noch weit betrübter. Denn sie war eine keusche Frau und ihrem Manne treu. Er kam zu einem Eremiten, auf dessen Rat er ganz und gar hörte, und beichtete ihm sein Leiden unter Tränen. Der heilige Mann antwortete ihm zuversichtlich: »O, sonst fehlt dir nichts? Ich werde dir Rat geben, daß dein Begehren zum Ziel komme. Du sollst dieses Jahr hindurch, wenn es sein kann an jedem Tag, in der Kirche hundertmal unsere Herrin, die Mutter Gottes, die Jungfrau Maria, mit dem englischen Gesang und mit hundert Kniefällen grüßen, und wirst von ihr bekommen, was du nur begehrest.« Er wußte nämlich, daß die Liebhaberin der Keuschheit einen keuschen Jüngling nicht verlassen werde, möge er auch in die Irre geraten sein. Als denn der Jüngling in großer Einfalt der Mutter Gottes diesen ihm vorgeschriebenen Dienst darbrachte, saß er einmal im Hause seines Herrn an der Tafel, und erinnerte sich, daß der heutige Tag eben der Schluß des Jahres sei. Da erhob er sich sofort und bestieg sein Roß, ging in die benachbarte Kirche und verrichtete die gewohnten Gebete. Als er dann die Kirche verließ, sah er die allerschönste Dame, schöner als Menschen sind, dastehen und sein Roß am Zügel halten. Da er sich wunderte, wer sie wohl sei, sagte sie: »Gefällt dir mein Anblick?« Der Ritter sagte: »Nie sah ich eine Schönere als dich«, und sie erwiderte: »Würde es dich beglücken, wenn du mich zur Frau haben könntest, oder nicht?« Er antwortete: »Jeden König würde dein Anblick beglücken, und man würde ihn um deinen Besitz glücklich schätzen.« Da sagte sie: »Ich will deine Gemahlin sein; komm' zu mir und gib mir einen Kuß!« Er mußte es tun. Da sprach sie: »Nun ist unser Verlöbnis geschlossen, und an dem und dem Tage wird die Ehe vor meinem Sohne vollzogen werden.« Aus diesem Wort erkannte er, daß sie die Mutter Gottes sei, deren Keuschheit sich an menschlicher Reinheit mitfreut. Sie faßte nun den Steigbügel seines Pferdes, hieß ihn aufsteigen, und er gehorchte ihr willenlos. Von Stund' an war er von der gemeldeten Versuchung so gänzlich befreit, daß auch die Gattin seines Herrn darüber erstaunt war. Er berichtete alles der Ordnung nach jenem Eremiten; der war voll Bewunderung sowohl der Gnade wie vor der Herablassung der Gottesmutter, und sprach: »Ich will am Tage deiner Hochzeit mit dabei sein, sorge du inzwischen für deine Angelegenheiten.« Dies tat der Jüngling, und am bestimmten Tage kam der Eremit und sagte zu ihm: »Fühlst du etwa einen Schmerz?« Jener verneinte, aber als der Eremit nach einer Stunde abermals fragte, ob er einen Schmerz fühle, gab er zur Antwort: »Ja, jetzt fühle ich ihn.« In kurzem fiel er in den Todeskampf, hauchte seinen Geist aus und trat in die himmlische Wohnung, die versprochene Hochzeit zu begehen.

Der falsche Messias

Es war, glaube ich, in Worms, da wohnte ein Jude, der eine schöne Tochter hatte. Ein junger, in der Nähe wohnender Kleriker verliebte sich in sie, hatte Erfolg und machte sie schwanger. Ihre Häuser waren ganz eng benachbart, er konnte unbemerkt häufig hinübergehen und mit dem Mädchen nach Belieben sprechen. Da sie nun merkte, daß sie schwanger sei, sagte sie zu dem

jungen Manne: »Ich bin in der Hoffnung; was soll ich tun? Wenn mein Vater es merkt, bringt er mich um.« Er erwiderte: »Fürchte nichts, ich werde dir schon heraushelfen. Wenn Vater oder Mutter zu dir sagt: Was ist, Tochter? Dein Leib schwillt an, du scheinst in anderen Umständen zu sein – dann antworte: Ich weiß davon nichts; ich weiß, daß ich Jungfer bin und noch mit keinem Mann zu tun hatte. Ich werde jene wohl dazu bringen, daß sie dir glauben.« Er überlegte sorgfältig, wie er dem Mädchen helfen könnte, und heckte folgenden Schwindel aus. In stiller Nacht streckte er zum Fenster der Kammer, wo er ihre Eltern schlafen wußte, ein Rohr hinauf und redete durch dies Rohr hindurch die Worte: »Ihr Gerechten und Lieblinge Gottes, freuet euch! Eure jungfräuliche Tochter hat einen Sohn empfangen, der wird eures Volkes Israel Erlöser sein.« Darauf zog er das Rohr ein bißchen zurück. Der Jude, auf diese Rede hin erwacht, weckte auch seine Frau und sagte: »Nun, hast du nicht gehört, was die himmlische Stimme sagte?« Die Frau antwortete: »Nein.« Und er: »Laß uns beten, daß auch du gewürdigt werdest, es zu hören.« Während sie beteten, stand der Kleriker beim Fenster und horchte aufmerksam auf ihre Worte. Nach einer kleinen Weile wiederholte er seine vorige Rede und fügte hinzu: »Ihr müsset eurer Tochter viel Ehre erweisen und Sorgfalt angedeihen lassen und das Knäblein, das die Unbefleckte gebären wird, recht treulich besorgen; denn er ist der Messias, auf den ihr wartet.« Die Leute jubelten, der wiederholten Offenbarung nun ganz sicher, und konnten kaum den Tag erwarten. Dann betrachteten sie ihre Tochter, deren Leib sich ein wenig zu begann, und sagten zu ihr: »Sag' uns Kind, von wem bist du schwanger?« Da antwortete sie ihrer Anweisung gemäß. Die Eltern konnten sich vor Freude kaum fassen und vermochten ihren Verwandten nicht vorzuenthalten, was sie von dem Engel gehört hatten. Die erzählten es weiter, und die Kunde verbreitete sich in der ganzen Stadt, daß diese Jungfrau den Messias gebären sollte. Als die Zeit der Entbindung nahe war, strömten viele Juden in dem Hause zusammen, begierig, durch die Geburt des lang Ersehnten beglückt zu werden. Aber der gerechte Gott verwandelte die eitle Hoffnung seiner Feinde in Trug, ihre Freude in Trauer, ihre Erwartung in Verlegenheit. Und das war ganz in der Ordnung. Denen, deren Väter einst mit

Herodes an der heilbringenden Geburt des Gottessohnes irre geworden waren, geschah es recht, daß sie heute durch ein derartiges Blendwerk betrogen wurden. Was weiter? Die schwere Stunde der Armen kam und mit ihr, wie es bei den Weibern so ist, Wehen, Seufzer und Schreien. Endlich gebar sie ein Kind, aber nicht den Messias, sondern ein Töchterlein.

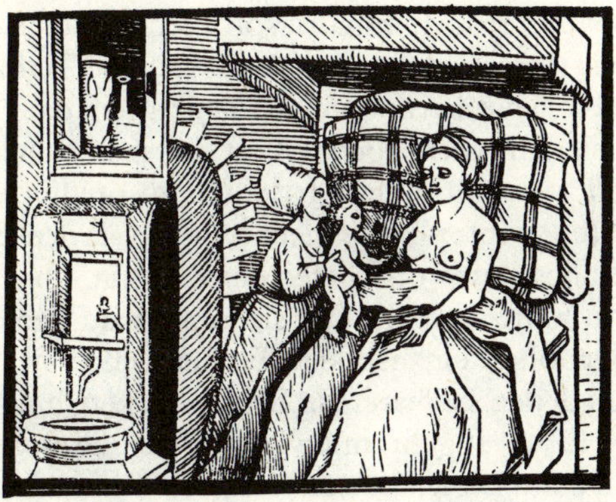

Vom Glauben und Wunderglauben

Nach Besançon kamen zwei Menschen, Wölfe in Schafskleidern, die sich den Anschein höchster Frömmigkeit gaben. Sie waren bleich und mager, gingen barfuß und fasteten täglich; den Frühgottesdienst in der Kirche versäumten sie nie und nahmen über die bescheidenste Notdurft hinaus von niemand eine Gabe an. Als sie durch solches Auftreten sich die Teilnahme der ganzen Bevölkerung gewonnen hatten, da erst begannen sie ihr verborgenes Gift zu speien, nämlich dem Volk unerhörte neue Irrlehren zu predigen. Damit die Menge ihrer Lehre glaube, ließen sie den Boden mit Mehl bestreuen und liefen darüber hin, ohne Fußspuren zu hinterlassen. Oder sie gingen auf dem Wasser einher, ohne einzusinken. Ferner ließen sie Holzhütten, in denen sie waren, in Brand stecken, und nachdem die Hütten abgebrannt waren, traten sie unverletzt heraus. Darauf sagten sie zur Menge: »Wenn ihr unsern Worten nicht glaubt, so glaubet unseren Wundertaten.« Als das der Bischof und die Geistlichkeit erfuhren, waren sie sehr bestürzt. Und als sie jenen entgegentraten und sie für Ketzer, Schwindler und Teufelsdiener erklärten, wären sie beinahe vom Volk gesteinigt worden. Der Bischof war ein guter und gelehrter Mann, aus unserer Gegend gebürtig. Unser greiser Bruder Konrad hat ihn gut gekannt, und er hat mir auch diese Geschichte erzählt. Also der Bischof sah, daß er mit Worten hier nichts ausrichtete, und daß das ihm anbefohlene Volk von Teufelsdienern dem Glauben entfremdet ward. Da berief er einen ihm bekannten Geistlichen, der in der Zauberei sehr erfahren war, zu sich und sagte: »Das und das ist geschehen. Ich bitte dich, daß du durch deine Kunst vom Teufel erfährst, wer jene Leute sind, woher sie kommen,und durch welche

Kraft sie so große und erstaunliche Wunder wirken. Denn es ist unmöglich, daß sie ihre Zeichen aus göttlicher Kraft tun, da ihre Lehre durchaus gottlos ist.« Der Geistliche sagte: »Es ist lange her, daß ich auf diese Kunst verzichtet habe.« Aber der Bischof meinte: »Du siehst wohl, wie ich in Not bin. Entweder werde ich der Lehre jener Leute beistimmen müssen oder vom Volk gesteinigt werden. Ich lege dir daher als Bußleistung für deine Sünden auf, daß du mir hierin zu Willen seiest.« Der Geistliche gehorchte und rief den Teufel her. Dieser fragte nach der Ursache solcher Be-

schwörung, und der Mann sagte: »Es tut mir leid, daß ich mich von dir zurückgezogen habe. Und da ich dir künftig mehr als bisher anhängen will, bitte ich dich um Auskunft über diese Leute, welche Lehre sie haben und aus welcher Kraft sie solche Wunder tun.« Der Teufel erwiderte: »Sie sind mein und von mir gesandt, und was sie predigen, habe ich ihnen in den Mund gelegt.« Der Geistliche fragte: »Wie kommt es, daß sie unverletzlich sind und weder vom Wasser verschluckt noch vom Feuer verbrannt werden?« Der Teufel sagte: »Sie tragen unter den Achseln zwischen Haut und

Fleisch eingenäht den Kontrakt, in dem sie sich mir verschrieben haben; kraft dessen vermögen sie solche Werke und sind unverletzlich.« Der Geistliche: »Und was geschähe, wenn man ihnen jene Schrift wegnähme?« Der Teufel: »Dann wären sie schwach wie andere Menschen.« Darauf dankte der Kleriker dem Teufel und sagte: »Geh' jetzt, und wenn ich dich wieder rufe, so komm wieder.« Er kehrte zum Bischof zurück und erzählte alles. Dieser berief voll Freude die ganze Einwohnerschaft zusammen und sprach: »Ich

bin euer Hirte, ihr seid die Schafe. Wenn, wie ihr sagt, jene Leute ihre Lehre mit Zeichen bekräftigen, will auch ich ihnen beitreten; wenn aber nicht, so ziemt es sich, daß ihr sie bestraft und mit mir reuig zum Glauben eurer Väter zurückkehrt.« Die Menge rief: »Wir haben viele Wunder von ihnen gesehen.« Der Bischof sagte: »Aber ich nicht.« Kurz, das Volk ließ seinen Vorschlag gelten und man rief die Ketzer her. In Gegenwart des Bischofs ward mitten in der Stadt ein Feuer angezündet. Ehe die Irrlehrer aber sich dem Feuer aussetzten, nahm sie der Bischof heimlich vor und sagte, er wolle nachsehen, ob sie Zaubermittel an sich trügen. Sofort entkleideten sie sich und sagten mit großer Sicherheit: »Sucht unsern Leib und unsere Kleider nur genau ab.« Die Soldaten aber hoben ihnen nach des Bischofs Anweisung die Arme in die Höhe, fanden unter ihren Achseln faltige Narben, brachen sie mit Messern auf und brachten die dort eingenähten kleinen Schriftstücke zum Vorschein. Der Bischof nahm diese in Empfang, führte die Leute dem Volke vor, gebot Stille und rief laut: »Jetzt werden eure Propheten ins Feuer gehen. Bleiben sie unverletzt, so will auch ich ihnen glauben.« Die Elenden zitterten und weigerten sich. Da erzählte der Bischof alles, das Volk erfuhr den Betrug und bekam die Teufelspapiere zu sehen. Da warfen sie alle voll Wut die Teufelsdiener in den bereitstehenden Brand, damit sie gleich ihrem Herrn dem ewigen Feuer anheimfielen.

Hermann Hesse
Caesarius von Heisterbach

Zu den wichtigsten Quellen für Kirchen- und Kulturgeschichte des dreizehnten Jahrhunderts gehören die Schriften des Mönches Cäsarius von Heisterbach. Kulturhistoriker, Philologen, katholische und protestantische Theologen haben sich denn auch häufig und zuweilen gründlich mit ihm beschäftigt. Außerhalb der engeren Gelehrtenrepublik aber kennt den bescheidenen Mönch beinahe kein Mensch, einige stille, weltliche Verehrer etwa ausgenommen. Als solcher möchte ich von ihm reden.

In den Wissenschaften kenne ich mich zu wenig aus, um eine eingehende Charakteristik und Kritik geben zu können. Aber ich habe den Heisterbacher Homiletiker und Fabulisten in ergötzlichen und lehrreichen Lesestunden liebgewonnen und rechne ihn zu den verborgenen Schätzen unserer alten Literatur, ja ich halte ihn für einen Dichter, um den es schade ist, daß niemand ihn kennt, und noch mehr schade, daß er nichts anderes schreiben durfte als Predigten und Lehrbücher für Zisterzienserklöster.

Cäsarius ist gegen 1180 geboren, vermutlich in Köln, das damals eine der reichsten und größten Städte Deutschlands war. Gestorben ist er ungefähr um 1245 als Prior (?) im Kloster Heisterbach. In jungen Jahren ging er in St. Andreas in Köln zur Schule und hat eine recht ansehnliche Gelehrsamkeit aufgespeichert; namentlich lernte er nicht nur das stereotype liturgische Latein, sondern las auch manche klassische Autoren und machte sich die Sprache innig zu eigen. Doch ist er trotz seiner bescheiden passiven Natur in dem prächtigen und kriegerischen Köln von damals mit offenen Augen herumgegangen und hat neben dem Verkehr mit Theologen, Priestern und Priesterschülern sich das betriebsame Leben der reichen Stadt gut angesehen. Wenigstens weiß er anschaulich von Handel und Wandel, Kaufherren und Goldschmieden, Soldaten, Handwerkern und Advokaten zu erzählen.

Aber bald wurde es dem stillen, redlichen Jungen unter der flotten Weltgeistlichkeit in Köln zu laut, er war ein schlicht frommer, treuer Mensch ohne großen Ehrgeiz und Tatentrieb nach außen, viel eher ein stiller Beobachter und Grübler, auch ein wenig Phantast. Er hatte Freude am Stillsitzen und am Zurechtlegen und Ausdenken von Fabeln und Geschichten, seine Weltbetrachtung ging von dem Begehren aus, das Vielerlei des täglichen Geschehens nicht in Theorie aufzulösen, sondern es unverändert mit den Grundsätzen seines Glaubens in Einklang zu bringen. Da nun sein Glaube kein philosophisch umgebildeter, sondern einfach ein Hinnehmen der kirchlichen Dogmatik mit einigen scholastischen Zutaten war, ist es einleuchtend, daß Cäsarius gerade wegen seines starken Wirklichkeitssinnes dem Wunderglauben zuneigte. Wenn wirklich ein persönlicher Gott existierte, der allmächtig war, wenn es wirklich einen Teufel gab, wenn wirklich Heilige zwischen Himmel und Erde vermittelten, so war nichts natürlicher als das Wunder.

Dann war aber auch nichts naheliegender, als daß der junge Schüler sich dem Mönchsleben zuwandte. Er trat unter Abt Gevard in Heisterbach ein und blieb zeitlebens ein genügsamer, vergnügter, frommer Klosterbruder. Heisterbach war eine noch ganz neue Gründung des Zisterzienserordens, von Brüdern aus Himmerode erst vor zehn Jahren (1189) besiedelt. Über seine Konversion erzählt Cäsarius selbst: »Als König Philipp zuerst unser Erzstift verwüstete, ging ich mit dem Abt Gevard nach Köln. Unterwegs redete er mir gar sehr zu, ich solle Mönch werden, doch überredete er mich nicht. Da erzählte er mir schließlich auch jenes köstliche Wunder, wie einst in Clairvaux um die Erntezeit, als die Mönche im Tale das Korn schnitten, die Mutter Gottes, ihre Mutter Anna und die heilige Maria Magdalena vom Gebirg herabkamen und in herrlicher Klarheit zu Tale stiegen, den Mönchen den Schweiß abtrockneten und Kühle zuwehten, und wie es weiter berichtet ist. Diese Erscheinung bewegte mich so tief, daß ich dem Abt versprach, kein anderes Kloster als seines zu wählen, wenn Gott mir je den Willen dazu gäbe. Ich war damals noch unfrei, da ich eine Pilgerfahrt zur Mutter Gottes von Rocamadour gelobt hatte. Nach drei Monaten hatte ich mein Gelübde erfüllt und ging nun, ohne daß einer meiner Freunde darum wußte, nach Heisterbach.«

Von manchen Reisen im Dienst des Ordens abgesehen, blieb Cäsarius von da an (etwa 1198) ständig in Heisterbach, das er auch Peterstal (Vallis Sancti Petri) nennt. Im Lauf der Zeit erhielt er das Amt eines Novizenmeisters und vielleicht auch die Würde eines Priors unter den Äbten Gevard und Heinrich, bis er Mitte der vierziger Jahre starb.

In Heisterbach begann er, wohl schon ziemlich früh, seine literarischen Arbeiten und fand reichliche Anerkennung. Er hat außer theologischen Traktaten und geschätzten Homilien ein Leben des St. Engelbert von Köln geschrieben, ferner ein Leben der heiligen Elisabeth, eine (nicht im Druck erschienene) Schrift über die Äbte von Prüm, ein Werk »Diversarum visionum seu miraculorum libri octo«, von dem nur ein Fragment erhalten ist, und schließlich den Dialogus miraculorum, sein Hauptwerk, von dem hier allein die Rede sein soll. Es existiert davon eine vortreffliche zweibändige Ausgabe: Caesarii Heisterbacensis monachi Dialogus miraculorum rec. Jos. Strange, Coloniae 1851. Von Literatur über Caesarius ist mir nur das Buch

A. Kaufmanns (2. Aufl. Köln 1862) bekannt. Es enthält wertvolle kulturgeschichtliche Schilderungen, manche übersetzte Stückchen aus dem Dialogus und im Anhang den lateinischen Text der ersten dreiundzwanzig Teile der VIII libri miraculorum. Denen, die Eingehenderes über Cäsarius erfahren möchten, wird es unentbehrlich sein.

Das ist in Kürze der Inhalt seines Lebens. Es sieht nach wenig aus, aber es wird reich und überraschend köstlich und vielseitig, wenn man den Dialogus liest.

Das stattliche Werk entstand aus der Praxis des Novizenmeisters. Geschrieben ist es um 1122. Es ist eine Art Lehrbuch für die Novizen des Ordens, denen es die Weltanschauung und Theologie desselben beibringen soll. Leider werden solche Lehrbücher heute nicht mehr geschrieben; unter denen aus meiner Schulzeit wenigstens ist keines, mit dem sein Autor in späteren Jahrhunderten Interesse erwecken und Ehre einlegen wird. Cäsarius gibt zwar gewissenhaft formulierte Definitionen der Bekehrung, der Zerknirschung, der Beichte, der himmlischen Belohnungen und Strafen und so weiter, aber er stopft sie seinen Schülern nicht grausam und in unverdaulicher Trockenheit in den Hals, sondern bietet sie nur gleichsam nebenher in kleinen, bekömmlichen Quanten dar.

Sein Dialogus hat zwölf Abschnitte, die wieder aus kurzen Kapiteln bestehen, und jeder Abschnitt behandelt eine dogmatische oder praktisch-theologische Hauptfrage. Das Buch müßte also für uns eigentlich ein Monstrum von Langeweile sein. Aber es ist das Gegenteil. Es ist das Werk eines heiteren Plauderers, eines fabulierenden Einsamen, die Schöpfung eines Dichters, der Spiegel einer lebhaft bewegten Zeit und zugleich eines reinen, guten Menschen. Denn die Kapitel enthalten nicht Lehrsätze und Abhandlungen, sondern jedes eine kleine, sehr gut erzählte Historie, bald eine schwankhaft amüsante, bald eine bitter ernste, bald eine rührend feine.

Die Dialogform ist nur eine Maske. Personen des Zwiegesprächs sind ein Mönch und ein Novize. Der Mönch lehrt, der Novize lernt, jener doziert, dieser fragt oder rekapituliert. Aber die Art, wie der Mönch lehrt, macht den Dialog hinfällig. Er lehrt durch Beispiele, durch Geschichten, denen sich dann zwei, drei kurze theologische Fragen und Antworten anschließen, manchmal auch gar keine. Begonnen wird mit einer Distinctio, ausgegangen wird von einem Lehrpensum, aber über dem Geschichtenerzählen wird der Mönch warm, der Novize vergißt Fragen zu stellen, und erst nach einer guten Weile besinnen sie sich auf ihr Pensum, und der Mönch erklärt nachträglich, inwiefern seine Erzählungen sich auf das gestellte theologische Thema beziehen.

Trotzdem ist das Lehrbuch auch als solches vortrefflich; denn der Autor mag abschweifen so weit es sei, immer bleibt er derselbe redliche, wohlmeinende, gute Mensch, dessen Wesen an sich erziehend wirkt, und immer bleibt er auch überzeugter Gläubiger und Mönch. Wenn er manchmal bis ins Burleske gerät, fühlt man hinter dem spielenden Erzähler doch deutlich den ernsten, unbeirrten Frommen, und wenn er Marienwunder erzählt, gewinnt er neben der stets beherrschten, durch und durch anschaulichen Darstellung eine feine, dichterische Innigkeit, die schlechthin ergreifend ist.

Den Inhalt des Werkes bilden, wie der Titel sagt, vorwiegend Wundergeschichten. Der Autor ist womöglich noch wundergläubiger als seine Zeit, an Mirakeln übt er nie Kritik. Ihm ist das tägliche Eingreifen guter und böser übersinnlicher Mächte ins Menschenleben etwas Bewiesenes, ja Selbstverständliches. Aber er malt keine schemenhaften Gebilde, löst seine Gestalten nicht in Wolken auf, auch nicht in Weihrauchwolken, sondern er läßt die Menschen menschlich bleiben und stellt Heilige, Engel und Dämonen menschenähnlich dar. Und seine Schildereien sind solide, seine Darstellungen sind nicht Fiktionen, sondern Erinnerungen und Beobachtungen. Er erzählt vom Leben der Mönche, der Kaufleute, der Weltgeistlichen, von Krieg- und Kreuzzügen, von Markt und Schiffahrt, von Klugen und Narren, Liebesgeschichten, Mordgeschichten, Diebsgeschichten. Auch verheimlicht er das Vorhandensein böser Zustände und schlechter Menschen in Kirche und Klöstern nicht, die Weltkirche klagt er sogar manchmal ernsthaft an, und wenn er von Brüdern, etwa gar von Brüdern des eigenen Klosters, Übles zu berichten hat, so tut er es zwar mit Scham und Trauer und mit aller Diskretion, aber er tut es ehrlich und sachlich. So gibt er wertvolle Bilder aus dem damaligen Leben aller Stände, aus Geschichte und Kirchengeschichte, und überall macht er den Eindruck fragloser Glaubwürdigkeit. Er teilt den Glauben und auch den Aberglauben seiner Zeit, er kennt nicht nur Wunder, Engel und Erscheinungen, sondern weiß auch von Nigromanten, Wahrsagern, Zauberern, Dämonen und Teufelskünsten. Freilich war auch der Teil Deutschlands, in dem er lebte, auf diesen Gebieten besonders fruchtbar und hat unter anderem den übelberüchtigten »Hexenhammer« hervorgebracht. Man hat dem Cäsarius Leichtgläubigkeit und allzu große Naivität vorgeworfen. Man hat ihn sogar beschuldigt, dem Aberglauben Vorschub geleistet und indirekt zu den späteren furchtbaren Hexenprozessen beigetragen zu haben. Ich will ihn dagegen nicht verteidigen, doch scheint es mir etwas übertrieben, um so mehr, als für die Kenntnis der damaligen Ideenwelt des Volkes in jenen Landen eben Cäsarius selbst wieder eine der wichtigsten Quellen ist.

Anders sieht das alles wieder aus, wenn man den Cäsarius nur als Schriftsteller betrachtet. Da wird nebensächlich, was dem Theologen oder Historiker als Hauptsache erscheinen muß. Und so betrachtet, gewinnt der ohnehin sympathische, ehrliche und schätzenswerte Autor noch bedeutend.

Vor allem schreibt er ein Latein, das in seiner Zeit und Heimat von niemand besser geschrieben wurde. Es ist nicht klassisch. Es ist aber ebenso weit von dem schematischen Durchschnittslatein der Kirchensprache entfernt, wie von dem unbeholfen gewaltsamen Deutsch-Latein mancher Chronisten. Es ist im wesentlichen lateinisch empfunden und gedacht, daher klar und prägnant, namentlich sind die Satzkonstruktionen einfach. Syntaktische Überanstrengungen fehlen ganz, und rhetorische Mittel sind nur selten und diskret verwendet. Als Erzähler darf Cäsarius ein Künstler genannt werden, und manche seiner Geschichten sind auch den guten Leistungen früher romanischer Novellisten ebenbürtig. Immerhin sind ihm hier durch Tendenz und Lehrzweck Grenzen gezogen, die er nur selten sprengt. Wichtiger als die Komposition ist die Anschaulichkeit, die literarische Ehrlichkeit und Sicherheit der Erzählungen. Fast immer wird zu Anfang ganz kurz berichtet, von wem und wann der Autor die Geschichte erfahren hat, und manchmal hat schon dieser einleitende Satz eine leise, suggestive Kraft, macht neugierig und empfänglich. Dann folgt die Erzählung selbst, kurz und deutlich. Die Höhepunkte der inneren Lösungen, die in der Kunstnovelle die Kristallisationspunkte ergeben, darf man hier nicht suchen, da die Historien zwar selbständig und vollständig sind, eine Unterredung darüber mit Erklärung der entscheidenden inneren Vorgänge aber als Dialogus nachfolgt. Desto sicherer und überzeugender ist alles greifbare Tun und Geschehen dargestellt. Schauplatz, handelnde

Personen, ihre Beziehungen untereinander, Entstehung, Fortgang und Lösung der Verwicklung kommen sauber, kurz und oft packend heraus. Die direkte Rede hat häufig, trotz des Lateins, einen volkstümlich lebendigen Klang: Kurze Sätze, oft ohne Zeitwort, und manchmal scherzhafte Wendungen.

Die Anekdote wiegt vor: Knappe Beispiele einer Bekehrung oder Bestrafung, kleine Züge aus dem Welt- und Klosterleben, Bonmots, treffende Antworten, auch lebendige Illustrationen zu Bibelstellen. Sie sind oft nicht mehr als zehn Zeilen lang, sie quellen unerschöpflich aus einem ungemein sicheren und gepflegten Gedächtnis und aus einer realistisch klaren Beobachtung des Alltäglichen – ein Schatzkästlein von Erfahrungen, Einfällen und Spruchweisheit. Cäsarius versichert feierlich, er habe keine einzige Geschichte selbst erfunden oder willkürlich verändert. Man darf ihm das unbedenklich glauben, auch wo er in weitgehender Diskretion Orte und Eigennamen verschweigt. Auch nennt er fast überall seine Quellen, und viele von den Personen, denen er die und jene Anekdote verdankte, waren zur Zeit der Abfassung noch am Leben und in nächster Nähe. Auch behandeln manche Geschichten Vorgänge, die dem Verfasser psychologisch unverständlich waren, so daß er desto treuer am Tatsächlichen festhält und damit ungewollt oft doppelt starke Wirkungen erreicht: so in den ergreifend sachlichen Berichten von Selbstmorden unter Mönchen und Nonnen, deren Glaubenszweifel und furchtbare Anfechtungen dem heiter beschaulichen Erzähler fremd und grausig erschienen.

Es wäre leicht, den Dialogus stofflich auszubeuten. Doch ist mir hieran nicht gelegen, auch findet man kulturgeschichtlich wichtige, fleißig und schön ausgewählte Proben genug in dem genannten Kaufmannschen Buch über Cäsarius.

Aus den »Gesta Romanorum« nach der Übersetzung von J. G. Th. Graesse

Von allzu großem Hochmut, und wie die Stolzen oft zur tiefsten Niedrigkeit gelangen

Es herrschte einst der gar mächtige Kaiser Jovinianus; als der einstmals auf seinem Bette ausgestreckt lag, da schwoll sein Herz unglaublich von Hochmut auf, und er sprach bei sich: »Gibt es denn einen andern Gott als mich?« Wie er noch so dachte, ergriff ihn der Schlaf, und als er früh aufstand, rief er seine Krieger zusammen und sprach also zu ihnen: »Meine Lieben, es wird gut sein, Speise zu uns zu nehmen, denn ich bin gesonnen, heute auf die Jagd zu gehen.« Diese aber waren bereit, seinen Willen zu erfüllen, nahmen Speise zu sich und machten sich zur Jagd auf. Während aber der Kaiser ritt, ergriff ihn eine unerträgliche Hitze, und es kam ihm vor, als müsse er sterben, so er nicht in kaltem Was-

ser baden könne. Er schaute sich also um und erblickte in der Entfernung ein breites Gewässer. Er sprach also zu seinen Soldaten: »Bleibet hier, bis ich mich werde abgekühlt haben.« Hierauf gab er seinem Pferde die Sporen und sprengte eilig zu dem Wasser, sprang vom Pferde, legte alle Kleidungsstücke ab, trat ins Wasser und blieb so lange darin, bis er ganz abgekühlt war. Während er aber noch darin watete, kam ein gewisser Mann herbei, der ihm in allem, in Gesicht und Gebärden ähnlich war, legte seine Kleider an, bestieg sein Roß und ritt zu den Kriegern desselben. Von allen wurde er wie der Kaiser selbst aufgenommen, und als das Spiel zu Ende war, machte er sich mit den Soldaten nach dem Palaste auf den Weg. Nachher kam nun aber Jovinianus schnell aus dem Wasser heraus, fand aber weder sein Pferd noch seine Kleider. Er wunderte sich hierüber gar sehr und ward sehr traurig; weil er nun aber nackt war und niemanden sah, dachte er bei sich: ›Was soll ich tun? Ich bin erbärmlich hintergangen worden.‹ Endlich kam er wieder zu sich und sprach: ›Hier in der Nähe wohnt ein Soldat, den ich zu einer Kriegsoberstenstelle erhoben habe; zu dem will ich hingehen und mir Kleider und ein Pferd verschaffen, und so will ich dann nach meinem Palaste reiten und zusehen, auf welche Weise und durch wen ich so umgetauscht worden bin.‹ Jovinianus machte sich also ganz nackend auf den Weg nach der Burg jenes Kriegers und klopfte an das Tor. Der Pförtner aber fragte nach dem Grunde seines Pochens, und Jovinianus sprach: »Öffnet das Tor und seht, wer ich bin.« Der aber machte das Tor auf, und wie er ihn erblickt hatte, erstaunte er und sprach: »Wer bist du denn?« Der aber versetzte: »Ich bin der Kaiser Jovinianus; gehe hin zu deinem Herrn und sage ihm, daß er mir Kleider leihe; denn ich habe meine Kleidungsstücke und mein Pferd eingebüßt.« Der aber entgegnete: »Du lügst, schändlicher Spitzbube, denn bereits vor deiner Ankunft ist der Herr Kaiser Jovinianus mit seinen Kriegern auf dem Wege nach seinem Palaste hier vorbeigekommen; mein Herr hat ihn begleitet, ist aber bereits zurückgekehrt und sitzt jetzt bei Tische. Daß du dich aber einen Kaiser nennst, das will ich meinem Herrn melden.« Alsbald trat auch der Pförtner vor diesen und berichtete seinem Herrn die Worte desselben. Wie der das vernahm, befahl er alsbald, ihn hereinzuführen; und als ihn der Krieger betrachtet hatte, erkannte er ihn nicht, der Kaiser aber erkannte ihn recht wohl. Darauf sagte der Krieger: »Sage mir, wer bist du denn und wie ist dein Name?« Der aber antwortete: »Ich bin der Kaiser Jovinianus und habe dich zu der und der Zeit zu deiner Oberstenstelle erhoben.« Der aber sprach: »O du schändlicher Spitzbube, mit welcher Frechheit unterfängst du dich, dich einen Kaiser zu nennen? Denn eben ist mein Herr, der Kaiser, vor dir nach seinem Palast geritten; ich hatte mich ihm unterwegs angeschlossen und bin jetzt bereits zurückgekehrt. Daß du dich aber selbst einen Kaiser genannt hast, dafür sollst du nicht ohne Strafe wegkommen.« Hierauf ließ er ihn tüchtig durchhauen und nachher aus der Burg werfen. Wie der aber also gepeitscht und vertrieben war, da weinte er bitterlich und sprach: ›O du mein Herrgott, wie ist das möglich, daß der Krieger, dem ich doch erst seine Oberstenstelle übertragen habe, mich nun nicht mehr kennt und mich so schrecklich hat auspeitschen lassen können?‹ Da fiel es ihm bei: ›Hier in der Nähe wohnt ja einer meiner Räte, ein Herzog; zu dem will ich mich auf den Weg machen und ihm meine Not kundtun. Durch den werde ich Kleider bekommen und in meinen Palast zurückkehren können.‹ Als er nun an das Tor des Herzogs gelangt war, pochte er an, und der Torwärter, wie er ein Klopfen hörte, schloß das Tor auf, und als er einen nackten Mann erblickte, wunderte er sich und sprach: »Mein Lieber, wer bist du denn, und weshalb bist du so nackend hierher gekommen?« Jener aber versetzte: »Ich bin der Kaiser und habe durch einen Zufall meine Kleider und mein Pferd eingebüßt und komme darum zu deinem Herzog, auf daß er mir in meiner Not beispringe; weshalb ich dich bitte, daß du meine Sache vor deinem Herrn führen mögest.« Als das der Türhüter gehört hatte, wunderte er sich, trat in den Palast und hinterbrachte alles seinem Herrn. Der Herzog aber versetzte: »Laß ihn hereinkommen!«

Als er aber hereingeführt worden war, da erkannte ihn niemand, und der Herzog sprach zu ihm: »Wer bist du denn?« Und jener erwiderte: »Ich bin der Kaiser und habe dich zu Reichtum und Ehren gebracht, habe dich zum Herzog gemacht und dich zu meinem Rate bestellt.« Der Herzog aber sprach: »Elender Tollhäusler! kurz vor deiner Ankunft bin ich mit meinem Herrn, dem Kaiser, nach seinem Palast geritten und eben von da zurückgekehrt; daß du dir aber eine solche Ehre angemaßt hast, das soll dir nicht so leer ausgehen.« Hierauf ließ er ihn in ein Gefängnis einschließen und mit Wasser und Brot beköstigen, nachher aber aus dem Gefängnis herausziehen, tüchtig durchprügeln und danach aus seinem ganzen Lande jagen. Als der nun so verbannt war, da stieß er mehr Seufzer und Klagen aus, als irgend jemand glauben kann, und sprach bei sich: ›Weh mir, was soll ich tun, denn ich bin jetzt Schimpf und Schande des Pöbels geworden. Es wird besser für mich sein, nach meinem Palaste zu gehn, die Meinigen in demselben werden mich gewiß erkennen, und sollte auch dies nicht sein, so wird mich wenigstens meine Frau an gewissen Kennzeichen wiedererkennen.‹ Hierauf ging er allein zu seinem Palast, klopfte an das Tor, und wie der Pförtner ein Pochen vernahm, so öffnete er dasselbe. Als er ihn aber erblickt hatte, sprach er zu ihm: »Wer bist du denn?« Jener aber erwiderte: »Ich wundere mich, daß du mich nicht kennst, da du doch so lange Zeit bei mir gewesen bist.« Der aber sprach: »Du lügst! Lange bin ich bei meinem Herrn, dem Kaiser, gewesen.« Und jener versetzte: »Der bin ich eben, und so du meinen Worten glaubst, bitte ich dich um Gottes willen, daß du zur Kaiserin gehst und ihr sagst, sie möge mir bei diesen Zeichen meine kaiserlichen Gewänder senden, weil ich durch Zufall alle die meinigen verloren habe; die Zeichen aber, welche ich ihr durch dich schicke, kennt außer uns beiden niemand auf Erden.« Da sprach der Torwärter: »Ich zweifle nicht, daß du toll bist, weil eben mein Herr, der Kaiser, in diesem Augenblick bei Tafel sitzt, und neben ihm die Kaiserin. Indessen will ich der Kaiserin berichten, daß du gesagt hast, du wärest der Kaiser, und ich bin gewiß, daß du hart bestraft werden wirst.« Der Pförtner machte sich also auf den Weg zur Kaiserin und meldete ihr alles, was er gehört hatte. Sie aber ward nicht wenig betrübt, wendete sich zu ihrem Herrn und sprach also: »O Herr, Ihr wißt, daß oft zwischen uns im geheimen merkwürdige Dinge vorgegangen sind. Nun berichtet mir diese ein liederlicher Kerl, der am Tore steht, durch den Pförtner und läßt mir durch diesen sagen, er sei der Kaiser.« Als das der Kaiser gehört hatte, befahl er, jener solle vor das Angesicht aller Anwesenden hereingeführt werden; und als er so nackt hereingebracht wurde, da sprang ihm ein Hund, der ihm vorher sehr zugetan war, nach der Kehle, um ihn zu erwürgen. Indessen wurde er daran von der Dienerschaft gehindert, so daß er weiter kein Leid von demselben erlitt. Ebenso hatte er einen Falken auf einer Stange, der, sobald er ihn erblickt hatte, alsbald seine Fesseln zerbrach und zum Saale hinausflog. Da sprach der Kaiser zu allen, die im Saale saßen: »Meine Teuern, höret meine Worte, die ich über jenen Landstreicher sagen werde. Sage mir, wer du bist und weshalb du hierher kommst?« Jener aber sprach: »O Herr, das ist eine wunderliche Frage. Ich bin der Kaiser und Herr dieses Ortes.« Da sagte der Kaiser zu allen denen, welche an der Tafel saßen und um dieselbe herumstanden: »Sagt mir bei eurem Eid, den ihr mir geleistet habt, wer von uns ist euer Kaiser und Herr?« Da entgegneten jene: »O Herr, bei dem Eid, welchen wir Euch geleistet haben, wir haben hierauf eine leichte Antwort zu geben: Jenen Spitzbuben haben wir niemals gesehen, Ihr aber seid unser Herr und Kaiser, den wir von Jugend auf gekannt haben, und darum bitten wir Euch einstimmig, daß jener gestraft werde, damit alle sich an ihm ein Beispiel nehmen und eine solche Anmaßung nicht wieder versuchen.« Darauf wendete sich der Kaiser zur Kaiserin und sprach: »Sage mir, meine Gebieterin, bei der Treue, welche du mir bewahrst: kennst du jenen Menschen, welcher sich Kaiser und deinen Herrn nennt?« Aber jene versetzte: »O lieber Herr, warum fragst du mich solches? Bin ich nicht länger als dreißig Jahre mit dir zusammengewesen und habe mit dir Kinder gezeugt?

Eins jedoch ist, worüber ich mich wundere, wie nämlich jener Gauner zur Kenntnis der von uns vorgenommenen geheimen Angelegenheiten gelangt ist.« Hierauf sprach der Kaiser zu dem, der hereingeführt worden war: »Mein Lieber, wie konntest du es wagen, dich selbst für einen Kaiser auszugeben? Wir fällen den Urteilsspruch, daß du heute einem Pferde an den Schweif gebunden werdest, und wenn du noch einmal dich erfrechst, dergleichen zu äußern, werde ich dich zum schimpflichsten Tode verurteilen.« Hierauf berief er seine Trabanten zu sich und sprach: »Geht hin und bin-

det diesen an den Schwanz eines Pferdes, tötet ihn aber nicht.« Und also geschah es. Nachher aber bewegten sich, mehr als irgend jemand es glauben kann, die Eingeweide desselben, und gleichsam an sich selbst verzweifelnd, sagte er: ›Verflucht sei der Tag, an welchem ich geboren bin und mich meine Freunde verlassen haben! Meine Gattin und meine Söhne haben mich nicht erkannt.‹ Als er noch so sprach, dachte er: ›Hier in der Nähe wohnt mein Beichtvater, zu dem will ich mich aufmachen; vielleicht daß er mich erkennen mag, da er ja öfters meine Beichte gehört hat.‹ Hierauf begab er sich zu dem Einsiedler und klopfte an das Fenster seiner Klause. Jener aber fragte: »Wer ist da?« und er antwortete: »Ich bin es, der Kaiser Jovinianus. Öffne dein Fenster, auf daß ich mit dir reden kann.« Wie aber jener seine Stimme gehört hatte, öffnete er zwar das Fenster, als er ihn aber erblickte, schlug er dasselbe mit Gewalt wieder zu und sprach: »Hebe dich weg von mir, Vermaledeiter, denn du bist nicht der Kaiser, sondern der Teufel in Menschengestalt!« Wie er aber das hörte, stürzte er vor Schmerz auf den Boden, zerraufte die Haare auf seinem Haupte und seinen Bart und sprach: ›Weh mir, was soll ich tun?‹ Bei diesen Worten erinnerte er sich, wie sein Herz neulich, als er auf seinem Bett ausgestreckt lag, vor Hochmut aufgeschwollen war und so gesprochen hatte: ›Gibt es denn einen andern Gott außer mir?‹ Alsbald pochte er an das Fenster des Einsiedlers und sprach: »Höret, ich bitte Euch, um des Gekreuzigten willen bei verschlossenem Fenster meine Beichte.« Jener aber sprach: »Das ist mir ganz recht.« Der aber beichtete nun mit Tränen über sein ganzes Leben und vorzüglich, wie er sich über Gott selbst erhoben und gesagt habe, er glaube an keinen andern Gott als an sich selbst. Als nun aber Beichte und Absolution vorüber waren, öffnete der Einsiedler sein Fenster und erkannte ihn und sprach: »Gesegnet sei der Höchste, jetzt kenne ich dich; ich habe hier einige wenige Kleidungsstücke, die lege du an und gehe in deinen Palast, und dort, wie ich hoffe, werden sie dich erkennen.« Hierauf zog sich der Kaiser an, begab sich nach seinem Palast und klopfte an die Pforte desselben. Der Pförtner öffnete dieselbe alsbald und empfing ihn aufs ehrenvollste. Jener aber sprach: »Kennst du mich denn?« und dieser erwiderte: »Ei wohl, Herr, sehr gut. Nur darüber wundere ich mich, daß ich den ganzen Tag hier gestanden habe und Euch nicht habe aus dem Hause gehen sehn.« Jener trat nun in den Versammlungssaal, und alle, die ihn erblickten, neigten ihr Haupt. Der andere Kaiser aber war bei seiner Frau. Ein Krieger aber, der aus dem kaiserlichen Gemach trat, schaute ihn genau an, kehrte hierauf in das Zimmer zurück und sprach: »Mein Herr, im Saale steht ein Mann, vor welchem sich alle verbeugen und ihm Ehre erweisen, und der ist Euch in allem so ähnlich, daß ich durchaus nicht weiß, welcher von euch beiden der Kaiser ist.« Wie das der Kaiser hörte, sprach er zu der Kaiserin: »Gehe hinaus und siehe zu, ob du ihn kennst.« Sie aber eilte hinaus, und als sie ihn erblickt hatte, verwunderte sie sich, eilte in das Gemach zurück und sprach: »O Herr, ich melde

Euch einen zweiten an, wer aber von euch mein Herr ist, kann ich durchaus nicht unterscheiden.« Jener aber sprach: »Da das so ist, so will ich hinausgehen und die Wahrheit an den Tag bringen.« Als er aber in den Saal getreten war, faßte er jenen bei der Hand, ließ ihn neben sich treten, berief alle Krieger, welche im Saale waren, nebst der Kaiserin zu sich und sprach: »Bei dem Eide, welchen ihr mir geleistet habt, sagt mir jetzt, welcher von uns ist euer Kaiser?« Da antwortete zuerst die Kaiserin: »Mein Herr, mir liegt es ob, zuerst zu antworten; Gott aber in der Höhe sei mein Zeuge: ich weiß durchaus nicht anzugeben, wer von euch mein Herr ist«, und ebenso sprachen alle. Jener aber sprach: »Ihr Lieben, hört mir zu. Dieser hier ist euer Kaiser und Herr; er hat sich aber einstmals gegen Gott erhoben, und deswegen hat ihn Gott gezüchtigt, und die Kenntnis der Menschen ist von ihm gewichen, bis er seinem Gott Genugtuung geleistet hat. Ich aber bin sein Schutzengel und Wächter seiner Seele, der ich sein Reich verwaltet habe, solange er in der Buße war; nunmehr ist aber seine Buße vollendet, und er hat für seine Sünden Genugtuung gegeben, darum seid ihm gehorsam, und ich will euch Gott empfehlen.« Bei diesen Worten verschwand er alsbald aus ihren Augen; der Kaiser aber dankte Gott und lebte sein ganzes Leben in Frieden und weihte es Gott. Uns aber gebe dieser dasselbe.

Vom Leben des heiligen Alexius, des Kaisers Eufemianus Sohn

Es gab einen gewissen Kaiser, in dessen Reiche, d.h. dem römischen Staate, ein gewisser Jüngling Alexius lebte, der Sohn eines sehr edlen Römers namens Eufemianus und eines der Ersten am kaiserlichen Hofe. Diesen umgaben dreitausend Sklaven, die mit goldnen Gürteln umgürtet und seidnen Gewändern bekleidet waren. Es war aber der eben genannte Eufemianus sehr barmherzig, und jeden Tag waren in seinem Hause drei Tafeln für Arme, Waisen, Fremde und Witwen gerüstet, welche er eifrig bediente; und um die neunte Stunde nahm er selbst mit frommen Männern sein Mahl in der Furcht des Herrn zu sich. Er hatte aber eine Frau namens Abael, welche gleiche Gottesfurcht und Gesinnung hegte. Da sie aber keinen Sohn hatten, so schenkte ihnen Gott auf ihr Bitten einen solchen, worauf sie sich fest vornahmen, von nun an in lauter Keuschheit zu leben. Der Knabe ward also den Lehrern der freien Künste übergeben, um in ihnen unterwiesen zu werden. Als er nun in allen Künsten der Weltweisheit sich auszeichnete und schon zum männlichen Alter gekommen war, ward ein Mädchen aus der kaiserlichen Familie ausgewählt und mit ihm als Gattin verbunden. Nun kam die Nacht: in dieser beobachtete er mit seiner Vermählten erst ein geheimnisvolles Stillschweigen, dann aber begann sie der heilige Jüngling in der Furcht des Herrn zu unterweisen und gab ihr seinen goldnen Siegelring und die Spange seines Degengehenks, womit er umgürtet war, aufzuheben, indem er also sprach: »Nimm dies und bewahre es, solange es dem Herrn gefällt, und der Herr sei mit uns!« Hierauf aber begab er sich zum Meere, und als er heimlich ein Schiff bestiegen hatte, gelangte er bis Laodicäa und von da weiter nach Edessa, einer Stadt in Syrien, wo ein Bild unsres Herrn Christus, ohne menschliche Arbeit gemacht, auf einer Leinwand bewahrt wurde. Als er dahin gekommen war, verteilte er alles, was er mit sich gebracht hatte, an die Armen und fing an, in schlechten Kleidern mit andern Bettlern sich an die Pforte der Kirche Mariä, der Mutter Gottes, zu setzen. Von den Almosen behielt er nur so viel für sich zurück, als für ihn hinreichen mochte, das übrige schenkte er

andern Armen. Sein Vater aber, der die Entfernung seines Sohnes schwer beweinte, sandte durch alle Teile der Welt seine Diener aus, auf daß sie ihn fleißig aufsuchen sollten. Als nun aber von diesen etliche zur Stadt Edessa gekommen waren, wurden sie zwar von ihm erkannt, allein, da sie ihn nicht erkannten, so teilten sie an ihn ebenso wie an die andern Armen Almosen aus, welches er annahm und Gott also dankte: »Herr, ich danke dir, daß du mich von meinen Sklaven Almosen empfangen läßt.« Die Diener nun kehrten zurück und meldeten, daß er nirgends gefunden werden könne. Seine Mutter aber legte vom Tage seines Wegganges einen Sack auf den Boden ihres Schlafzimmers, wo sie wehklagend und weinend also sprach: »Hier will ich immer in Trauer verharren, bis ich meinen lieben Sohn wiederhaben werde.« Die Gemahlin desselben aber sprach zu ihrer Schwiegermutter: »Bis ich von meinem süßen Bräutigam hören werde, will ich wie eine Turteltaube bei dir bleiben.« Als nun aber Alexius in genannter Kirchenvorhalle siebzehn Jahre im Dienste Gottes verharrt hatte, da sprach das Bild der heiligen Jungfrau, welches dort war, zu dem Wächter des Tempels: »Laß den Mann Gottes hereinkommen, weil er würdig ist des Himmelreichs und der Geist des Herrn auf ihm ruht.« Als aber der Wächter nicht wußte, von wem sie sprach, sagte sie abermals zu ihm: »Der ist es, welcher draußen in der Halle sitzt.« Da ging der Wächter eilends hinaus und führte ihn in die Kirche. Als aber dieser Vorgang allen bekannt worden war und er von jeglichem verehrt zu werden begann, da entfernte er sich von dort, weil er irdischen Ruhm meiden wollte. Er bestieg aber ein Schiff, und da er nach Tarsus in Cilicien segeln wollte, kam das Schiff durch die Leitung Gottes, von Stürmen verschlagen, in den Hafen von Rom. Als Alexius dieses wahrnahm, sprach er zu sich selbst: ›Ich will unerkannt in dem Hause meines Vaters bleiben und niemandem lästig fallen.‹ Er begegnete aber seinem Vater, der aus dem Palaste kam und von einer Menge Diener umgeben war, und fing an ihm laut nachzurufen: »Knecht Gottes, befiehl, daß ich, der ich fremd bin, in deinem Hause aufgenommen werde, und laß mich von den Brosamen deiner Tafel speisen, auf daß der Herr sich auch deines Sohnes, welcher in der Fremde ist, erbarmen wolle.« Als das der Vater gehört hatte, befahl er, ihn um seines Sohnes willen zu sich aufzunehmen, gab ihm in seinem Hause einen besonderen Platz, setzte ihm Speise von seiner Tafel vor und wies ihm einen eigenen Diener an. Jener aber verharrte im Beten und kasteite seinen Leib mit Fasten, und die Diener des Hauses verspotteten ihn und gossen ihm häufig schmutziges Aufwaschwasser auf den Kopf; er aber war bei alledem gar sehr geduldig. So blieb denn Alexius siebzehn Jahre unerkannt im Hause seines Vaters, und als er sah, daß das Ende seines Lebens in der Nähe war, verlangte er Papier und Tinte und setzte seinen ganzen Lebenslauf auf. Am Sonntag aber nach der Feier der Messe ertönte in dem Allerheiligsten eine Donnerstimme vom Himmel herab: »Kommet zu mir alle, die ihr arbeitet und beladen seid!« Als dies aber alle hörten, fielen sie auf ihr Antlitz nieder, und siehe da, die Stimme sprach zum zweiten Male: »Suchet den Mann Gottes, auf daß er für Rom bete!« Jene aber suchten und fanden nicht, und wiederum hieß es: »Suchet im Hause des Eufemianus!« Als der aber befragt wurde, sagte er, er wisse von nichts. Da kamen die Kaiser Arkadius und Honorius mit dem Papste Innozenz zu dem Hause des genannten Mannes, und siehe, die Stimme des Dieners von Alexius gelangte zu ihrem Herrn und lautete also: »Siehe zu, o Herr, ob das nicht unser Fremder sein mag, der ein Mann von hohem Alter und Geduld ist.« Da lief Eufemianus hin zu ihm, fand ihn aber schon verblichen, und sein Gesicht sah er gerötet wie eines Engels Antlitz, und er wollte das Papier, welches jener in der Hand hatte, nehmen, aber er konnte es nicht. Als er aber hinausging und dieses dem Kaiser und dem Papste hinterbracht hatte und jene zu ihm hineingetreten waren, sprachen sie: »Wir sind allzumal Sünder. Indessen führen wir das Steuerruder des Reichs und haben die gemeine Sorge für das Hirtenamt. Gib uns also das Papier, damit wir wissen, was auf demselben geschrieben steht.« Der Papst aber trat zu ihm, nahm das Papier in seine Hand und gab es alsbald wieder weg und ließ es vor allem Volke und seiner Umgebung und dem Vater desselben lesen. Als aber Eufemianus dieses hörte, fiel er, von großer Furcht bewegt, indem ihn seine Kräfte verließen, auf die Erde nieder. Als er aber wieder ein wenig zu sich gekommen war, zerriß er seine Kleider und fing an, die grauen Haare seines Hauptes und seinen Bart auszuraufen und sich selbst zu zerfleischen, stürzte auf seinen Sohn hin und rief aus: »Ach, mein lieber Sohn, warum hast du mich in solche Trauer versetzt und so viele Jahre lang in Seufzer und Klagen gestürzt! Ach, ich Elender, was sehe ich? Dich, den Beschützer meines Alters, auf der Bahre liegen und nicht mit mir sprechen! Ach, wie werde ich denn einen andern Tröster finden?« Die Mutter, als sie das hörte, wie eine Löwin, welche das Netz zerreißt, so mit zerrissenen Kleidern und aufgelöstem Haare hob ihre Augen gen Himmel, und da sie vor der allzu großen Volksmenge nicht zu dem heiligen Leichnam gelangen konnte, rief sie laut aus: »Macht mir Platz, auf daß ich den Tröster meiner Seele erblicke, der aus meinen Brüsten getrunken hat!« Und als sie zu dem Leichnam gelangt war, legte sie sich über ihn und schrie: »Ach, mein liebster Sohn, Licht meiner Augen, warum hast du also an uns getan? Warum hast du so grausam an uns gehandelt? Du sahst deinen Vater und mich Elende in Tränen und zeigtest dich uns nicht; deine Sklaven beleidigten dich, und du ertrugst es!« Und immer wieder warf sie sich von neuem über den Leichnam, und bald streckte sie ihre Arme über ihn aus, bald betastete sie mit ihren Händen sein Engelsgesicht, küßte ihn und rief: »Weinet mit mir alle, die ihr hier seid, die ich den, der mein Einziger war, siebzehn Jahre lang in meinem Hause gehabt und nicht erkannt habe! Und die Sklaven haben ihn beschimpft und mit Fäusten ins Gesicht geschlagen. Ach, wer wird meinen Augen einen Tränenquell verleihen, damit ich Tag und Nacht den Schmerz meiner Seele ausweine?« Seine Gemahlin aber, angetan mit einem adriatischen Gewande, kam weinend gelaufen und sprach: »Wehe mir, die ich heute verwaist bin und als Witwe erscheine! Niemanden mehr habe ich, auf den ich meine Augen erheben, niemanden mehr, nach welchem ich blicken kann. Jetzt ist mir mein Spiegelbild geraubt, meine Hoffnung untergegangen; jetzt hat ein Schmerz begonnen, der kein Ende mehr hat.« Das Volk aber, als es solches hörte, weinte auf klägliche Weise. Darauf legten der

Papst und die Kaiser den Leichnam auf eine anständige Bahre und führten ihn mitten durch die Stadt. Und dem Volke wurde verkündigt, der Mann Gottes, welchen die ganze Stadt suchte, sei gefunden worden, und alle eilten dem Zuge entgegen. Wenn aber ein Kranker jenen heiligen Leichnam berührte, wurde er alsbald geheilt: die Blinden erhielten das Gesicht wieder, die Besessenen wurden ledig vom Bösen, und alle Gebrechlichen von jeder Unpäßlichkeit, wenn sie nur den Körper berührt hatten, hergestellt. Die Kaiser aber, als sie diese großen Wunder gewahrten, fingen an selbst mit dem Papste die Bahre zu tragen, auf daß sie selbst von diesem heiligen Leibe geheiligt würden. Danach befahlen die Kaiser, eine Menge Silber und Gold auf den Straßen auszuwerfen, damit der große Haufen durch seine Liebe zum Gelde beschäftigt würde und den heiligen Leichnam zur Kirche bringen ließe. Das Volk aber vergaß seine Liebe zum Gelde und drängte sich mehr und mehr, den heiligen Leib zu berühren, so daß sie ihn endlich nur mit großer Mühe zum Tempel des heiligen Märtyrers Bonifatius führten, und indem sie dort sieben Tage lang im Lobe Gottes verharrten, erbauten sie ihm ein Denkmal aus Gold und kostbaren Edelsteinen, in welches sie den heiligen Leichnam mit großer Verehrung niederlegten. Aus dem Grabmale selbst aber duftete ein so süßer Geruch hervor, daß es wie voll von allen möglichen Gewürzen erschien. Er starb aber im Jahre des Herrn 328.

Der kluge und der dumme Ritter

Es herrschte einst der kluge Maximianus, und in seinem Reiche waren zwei Ritter, der eine klug, der andre dumm, die sich beide gegenseitig sehr lieb hatten. Zu letzterem sprach der kluge: »Beliebt es dir, mit mir einen Bund zu machen? Dies wird uns von Nutzen sein.« Jener aber versetzte: »Das ist mir ganz recht.« Hierauf versetzte dieser: »Ein jeder von uns mag Blut aus seinem rechten Arm fließen lassen, ich will dein Blut trinken, und du magst mit dem meinen dasselbe

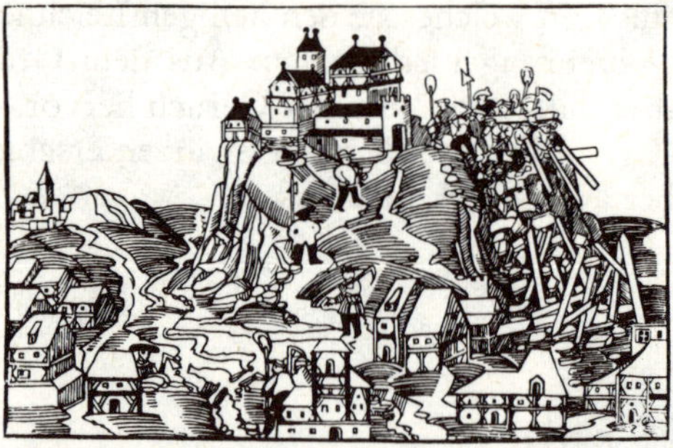

tun, und so wird keiner von uns den andern weder im Glück noch Unglück verlassen, und was einer von uns gewonnen haben wird, davon soll der andre die Hälfte haben.« Jener aber entgegnete: »So ist es mir recht.« Sogleich tranken nun beide, nachdem sie sich Blut entzogen hatten, dasselbe voneinander und blieben nachher immer in einem und demselben Hause zusammen. Nun hatte aber der König zwei Städte erbaut, die eine auf der Spitze eines Berges, wo alle, so dahin kamen, einen Reichtum an Schätzen finden und daselbst ihr ganzes Leben verbleiben könnten. Es führte aber zu dieser Stadt ein enger und steiniger Weg, und auf diesem hielten drei Ritter mit einem großen Heere, und alle, so über jene Straße zogen, mußten entweder gegen diese kämpfen oder alles samt ihrem Leben verlieren. Auch hatte der König in jene Stadt einen Seneschall gesetzt, der ohne Ausnahme alle Ankommenden aufnehmen und nach Rücksicht ihres Standes herrlich bewirten sollte. Er hatte aber auch unter jenem Berge in einem Tal eine andre Stadt bauen lassen, zu welcher ein ebner und zum Gehen anmutiger Weg führte. Es lagen aber drei Ritter an jenem Wege, welche alle Vorübergehenden freundlich aufnahmen und nach eines jeden Gefallen bedienten. In der Stadt selbst aber hatte er auch einen Seneschall bestellt, der alle, welche in die Stadt oder in die Nähe derselben kamen, ohne Ansehn der Person ins Gefängnis werfen und sie sämtlich bei der Ankunft des Richters demselben vorführen mußte, der Richter sollte aber niemanden verschonen. Da sprach der kluge Ritter zu seinem Gesellen: »Mein Lieber, laß uns die Welt durchziehen, wie andre Ritter, und wir werden viele Güter erwerben können, von denen wir anständig leben mögen.« Darauf entgegnete jener: »Also gefällt es mir auch.« Hierauf zogen beide auf einer Straße, bis sie an einen Kreuzweg kamen; da sprach der Kluge: »Mein Lieber, wie du siehst, sind hier zwei Wege: der eine führt zu einer prächtigen Stadt, wenn wir ihn einschlagen, werden wir zu jener Stadt gelangen, in welcher wir alles, was unser Herz begehrt, erhalten werden. Da ist aber eine andre Straße, welche nach einer andern Stadt hinführt, welche in einem Tale erbaut ist: gehen wir diese, wird man uns gefangennehmen, ins Gefängnis stecken, vor den Richter führen und dieser uns an den Galgen aufhängen lassen. Ich rate also dazu, diesen letztern Weg liegen zu lassen und den andern zu gehen.« Darauf erwiderte der Dumme: »Mein Lieber, schon lange hörte ich von diesen zwei Städten: allein der Weg zu der auf dem Berge gelegenen Stadt ist schmal und sehr gefährlich, und an demselben lagern drei Ritter mit einem Heere, welche alle, die dahin ziehen, überfallen, töten und plündern; der andre Weg ist eben, und auf demselben befinden sich drei Ritter, welche alle, die denselben betreten, freundlich aufnehmen, und alles Nötige findet sich da. Und alles dieses sehe ich ganz deutlich, und darum glaube ich meinen Augen mehr denn dir.« Darauf sprach der kluge Ritter: »Obgleich der eine Weg schlecht zu gehen ist, so ist doch der andre, wenn man an das Ende desselben denkt, noch weit schlechter: denn er führt uns zu ewiger Schmach, und von da werden wir zum Galgen geschleppt werden. Nun fürchtest du dich aber, des Kampfes und der Wegelagerer wegen, auf der andern Straße zu gehn. Das ist aber für dich eine ewige Schande, weil du ein Ritter bist und es den Rittern zukommt, gegen ihre Feinde zu streiten. Wenn du aber anders mit mir diese Straße ziehen willst, verspreche ich dir heilig, vor dir her in den Kampf zu gehn, und so viel ihrer auch sein werden, du wirst durch sie hindurchkommen, wenn du mich unterstützest.« Jener aber entgegnete: »Amen, ich sage dir, auf diesem Wege will ich nicht gehen, sondern vielmehr auf jenem.« Da sprach der Kluge: »Da ich dir mein Wort verpfändet und zum Zeichen der Treue dein Blut getrunken habe, werde ich dich nicht allein gehn lassen, sondern mit dir ziehen.« Beide schlugen nun diesen Weg ein und fanden unterwegs nach ihrem Gelüste vielerlei Annehmlichkeiten, bis sie an die Herberge dieser drei Ritter kamen, von welchen sie mit großen Ehrenbezeigungen aufgenommen und prächtig bewirtet wurden. Bei jeder Erquickung sprach aber der dumme Ritter zu dem klugen: »Mein Lieber, habe ich es dir nicht vorhergesagt, wie viel und wie große Ergötzlichkeiten wir auf dieser Straße genießen, die wir alle auf der andern hätten entbehren müssen.« Jener aber antwortete: »Ende gut, alles gut, das hoffe ich aber nicht.« Sie brachten nun einige Zeit bei diesen Rittern zu; als aber der Seneschall dieser Stadt vernahm, daß zwei Ritter gegen das Gebot des Königs in der Nähe der Stadt wären, schickte er gleich seine Trabanten ab, auf daß sie sie fingen und zur Stadt führten. Als sie aber der Seneschall in Augenschein genommen hatte, ließ er den Dummen an Händen und Füßen gebunden in eine Grube werfen, den andern aber in einen Kerker sperren. Wie nun der Richter in

die Stadt kam, wurden alle Missetäter aus derselben vor sein Angesicht gebracht, und unter andern auch diese beiden Ritter. Da sprach der Kluge zum Richter: »Herr, ich klage gegen meinen Gesellen, denn der ist die Ursache meines Todes. Ich habe ihm das Gesetz dieser Stadt vorhergesagt, sowie die Gefahren, und doch wollte er auf keine Weise meinen Worten trauen und sich bei denselben beruhigen und meinem Rate Folge leisten, sondern antwortete mir: ›Ich traue meinen Augen mehr als deinen Reden.‹ Da wir nun durch

Wort und Schwur miteinander verbunden waren, mochten wir im Glück oder Unglück sein, und ich ihn allein sich auf den Weg machen sah, so habe ich meines Eides wegen mich ebenfalls hierher begeben, und darum ist er jetzt schuld an meinem Tode. Fälle also einen gerechten Urteilsspruch!« Da entgegnete der andre, dumme Ritter dem Richter: »Dieser da ist gerade die Ursache meines Todes, denn es ist der ganzen Welt bekannt, daß er weise ist, und ich von Natur aus dumm bin. Nun hätte er aber wegen seiner Weisheit nicht so leichtsinnig meiner Dummheit sich fügen sollen. Wäre jener mir aber nicht gefolgt, als ich mich allein auf den Weg machte, so würde ich auf den Weg, welchen er gehen wollte, zurückgekommen und mit ihm marschiert sein, des Eidschwurs wegen, welchen ich ihm geleistet habe. Darum nun, weil jener weise ist, ich aber dumm bin, so ist er die Ursache meines Todes.« Darauf entgegnete der Richter beiden, und zwar zuerst dem klugen Ritter: »Du Kluger, der du so leichtsinnig seiner Dummheit nachgabst und ihm folgtest, und du Dummer, der du den Worten des Klugen nicht geglaubt, sondern deine eigene Dummheit durchgeführt hast, ihr sollt beide nach meinem Urteil an den Galgen gehängt werden.« Und also geschah es.

Von des Teufels Arglist, und wie Gottes Gerichte verborgen sind

Es lebte einst ein Einsiedler, der sich in seiner Höhle aufhielt und Tag und Nacht Gott aufs frömmste diente. Nun war aber eines Tages neben seiner Zelle ein Schafhirt, der seine Schafe weidete. Es begab sich aber eines Tages, daß der Hirt vom Schlafe überfallen wurde und ein Räuber kam, der ihm alle seine Schafe wegtrieb. Darüber kam aber der Herr der Schafe hinzu, der den

Schäfer fragte, wo seine Schafe wären. Der aber begann zu schwören, daß er zwar die Schafe verloren habe, aber wie, das wisse er durchaus nicht. Wie das der Herr hörte, geriet er in Wut und erschlug ihn. Als das der Einsiedler sah, sprach er in seinem Herzen: ›O mein Gott, siehe, dieser Mensch hat einen Unschuldigen verklagt und getötet. Weil du erlaubst, daß so etwas geschehen kann, will ich wieder in die Welt hinaus gehen und leben wie die andern.‹ Wie er das gedacht hatte, verließ er seine Einsiedelei und machte sich wieder auf, um in die Welt zu gehen. Gott aber wollte ihn nicht verderben, sondern sendete einen Engel in Menschengestalt zu ihm, daß er sich zu ihm geselle. Als nun der Engel selbigen auf der Straße getroffen hatte, sprach er zu ihm: »Mein Lieber, wo geht dein Weg hin?« Jener aber entgegnete: »Nach jener Stadt zu, die da vor mir liegt.« Der Engel aber sprach zu ihm: »Ich will unterwegs dein Begleiter sein, denn ich bin ein Engel Gottes und zu dir gekommen, auf daß wir auf diesem Wege miteinander zusammen gehen.« Hierauf zogen beide nach der Stadt; wie sie aber hineinkamen, da baten sie einen Krieger, ihnen um Gottes willen Herberge zu geben. Dieser Krieger aber nahm sie sehr freundlich auf und bewirtete sie in allem mit großer Demut auf das ehrenvollste und glänzendste. Nun hatte aber dieser Krieger seinen einzigen Sohn in der Wiege liegen, welchen er zärtlich liebte, und als man zu Abend gespeist hatte, wurde das Schafgemach geöffnet und für den Engel und den Eremiten Betten aufs anständigste zurechtgemacht. Um Mitternacht aber stand der Engel auf und erwürgte den Knaben in seiner Wiege. Wie das der Einsiedler sah, dachte er bei sich: ›Das ist nimmermehr ein Engel Gottes: jener gute Soldat hat ihm um Gottes willen jegliche Notdurft verabreicht und hat nichts als dieses unschuldige Söhnlein, und dieses hat er getötet.‹ Indessen wagte er nicht, ihm irgend etwas zu sagen. Früh standen nun beide auf und machten sich nach einer andern Stadt auf den Weg, in welcher sie im Hause eines Bürgers mit großen Ehren aufgenommen und glänzend bewirtet wurden. Dieser Bürger nun besaß einen goldnen Becher, den er gar wert hielt und auf welchen er sehr stolz war; um Mitternacht stand der Engel auf und stahl diesen Becher. Wie das der Einsiedler sah, dachte er bei sich: ›Das ist meines Erachtens nach ein böser Engel; jener Bürger hat uns Gutes getan, und dafür hat er ihm seinen Becher gestohlen.‹ Indessen sagte er ihm nichts, denn er fürchtete sich vor ihm. In der Frühe aber standen sie auf und zogen ihres Weges, bis sie an ein Gewässer kamen, über welches eine Brücke führte. Sie betraten dieselbe, und es begegnete ihnen ein armer Mann. Zu dem sprach der Engel: »Mein Lieber, zeige uns doch den Weg nach jener Stadt«; der Arme aber drehte sich um und zeigte mit dem Finger nach der Richtung derselben. Wie er sich aber umgedreht hatte, faßte ihn der Engel plötzlich bei der Schulter und warf ihn über die Brücke hinab, und der Arme versank alsbald. Wie das der Einsiedler sah, sprach er in seinem Herzen: ›Jetzt weiß ich, daß das der Teufel ist, nicht aber ein guter Gottesengel. Was hat denn der Arme Böses getan, und doch hat er ihn umgebracht.‹ Er gedachte sich nun von ihm loszumachen, allein aus Furcht sagte er ihm nichts. Wie sie nun aber in der Abendstunde zur Stadt gelangten, traten sie in das Haus eines Reichen und baten um Gottes willen um ein Nachtlager. Der aber schlug es ihnen rund ab. Darauf sprach der Engel des Herrn also zu ihm: »Um Gottes willen laßt uns nur auf das Dach Eures Hauses steigen, damit uns nicht die Wölfe und wilden Tiere fressen.« Jener aber antwortete: »Seht, hier ist der Stall, in welchem meine Schweine wohnen: wenn es euch gefällt, könnt ihr euch zu ihnen legen, wenn nicht, so weicht von mir, denn ich werde euch keinen andern Platz einräumen.« Darauf entgegnete ihm der Engel: »So es nicht anders sein kann, wollen wir bei Euren Schweinen bleiben«; und also geschah es. Früh am Morgen standen sie auf, der Engel rief den Wirt herbei und sprach: »Mein Lieber, hier schenke ich dir einen Becher«, und mit diesen Worten gab er ihm den Becher, welchen er jenem Bürger gestohlen hatte. Wie das der Einsiedler sah, sprach er bei sich: ›Jetzt weiß ich gewiß, daß das der Teufel ist; das war ein guter Mann, der uns mit aller Demut aufnahm, und dem hat er seinen Becher gestohlen und ihn jenem Schurken geschenkt, der uns bei sich nicht hat aufnehmen wollen.‹ Hierauf sprach er zu dem Engel: »Ich will nicht weiter bei Euch warten und befehle Euch zu Gott.« Darauf entgegnete der Engel: »Hört mich, und dann mögt Ihr gehen. Du lebtest früher in einer Einsiedlerwohnung, und der Herr jener Schafe schlug seinen Hirten tot. Wisse, daß jener Hirt damals den Tod nicht verdient hat, denn ein andrer hatte das Verbrechen begangen, also hätte er nicht sterben sollen. Gott aber ließ zu, daß er getötet wurde, auf daß er durch diese Strafe dem ewigen Tode entging wegen einer Sünde, die er ein andermal begangen und für die er niemals Buße getan hatte. Der Räuber aber, der mit allen Schafen entwischt ist, wird ewige Pein leiden, und der Besitzer der Schafe, welcher den Hirten umbrachte, wird sein Leben durch reichliches Almosenspenden und Werke der Barmherzigkeit für das, was er unwissentlich begangen hat, sühnen. Nachher habe ich aber den Sohn jenes Kriegers, der uns eine gute Herberge gewährt hat, in der Nacht erwürgt. Wisse aber, daß, ehe jener Knabe geboren ward, dieser Krieger der beste Almosenspender war und viele Werke der Barmherzigkeit ausübte; seitdem aber der Knabe auf die Welt kam, ist er sparsam und habsüchtig geworden und sammelt alles nur mögliche, um den Knaben reich zu machen, so daß dieser die Ursache seines Verderbens ist, und darum habe ich den Knaben umgebracht, und so ist er wieder, was er früher war, nämlich ein guter Christ geworden. Dann habe ich auch den Becher jenes Bürgers, der uns mit solcher Demut bei sich aufnahm, gestohlen. Wisse aber, daß, ehe jener Becher gefertigt war, auf der ganzen Erde kein Mensch lebte, der nüchterner war als dieser, allein nachdem jener gemacht war, freute er sich so über denselben, daß er den ganzen Tag aus ihm trank und jeden Tag zwei- oder dreimal betrunken war; darum habe ich ihm den Becher genommen, und jetzt ist er wieder nüchtern geworden, wie früher. Dann hab ich den Armen ins Wasser gestürzt. Wisse, daß jener Arme ein guter Christ war, allein wenn er noch die Hälfte seines Weges weitergezogen wäre, würde er in einer Todsünde einen andern erschlagen haben; nun ist er aber gerettet und thront jetzt in himmlischen Ehren. Endlich habe ich den Becher jenes Bürgers dem gegeben, welcher uns die Aufnahme verweigert hatte. Wisse aber, daß auf Erden nichts ohne Grund geschieht. Er hat uns doch noch den Schweinestall zugestanden, und darum habe ich ihm den Becher gegeben, und wenn er aufgehört hat zu leben, wird er in der Hölle thronen. Lege also künftig deinem Munde einen Zügel an, auf daß du Gott nicht tadelst, denn er weiß alles.« Wie das der Einsiedler hörte, fiel er vor die Füße des Engels nieder und flehte ihn um Vergebung an; hierauf machte er sich nach seiner Einsiedlerwohnung auf und wurde ein guter Christ.

Drei Dinge

Man erzählt von einem gewissen Manne namens Ganterus, der sich immer Vergnügungen und Freude ohne Ende wünschte; der stand eines Morgens in der Frühe auf und spazierte allein auf der Heerstraße, bis er an ein Land kam, in welchem der König erst neulich gestorben war. Die Fürsten des Reiches, als sie ihn so mannhaft sahen, erwählten ihn zu ihrem Könige, und er freute sich über seine Wahl. Wie aber die Nacht kam, da führten ihn die Seinigen in ein Gemach, in welchem er einen grimmigen Löwen am Kopfende seines Bettes erblickte, am Fußende einen Drachen, an der rechten Seite aber einen Bären und auf der andern Schlangen und Kröten. Da sprach Ganterus: »Was soll denn das heißen? Muß ich denn in diesem Bette bei diesen Bestien schlafen?« Jene aber antworteten: »Freilich, Herr, denn alle Könige vor dir haben in diesem Bette gelegen und sind von diesen Tieren gefressen worden.« Darauf entgegnete der König: »Alles gefällt mir hier recht wohl, allein vor diesem Bette samt den Bestien da habe ich einen Abscheu, darum mag ich nicht euer König sein«; und also ging er weg von ihnen. Er kam aber in ein andres Land, wo ihn die Bürger gleichfalls zu ihrem Könige wählten. Wie nun die Nacht kam, trat er in sein Schlafgemach und erblickte ein sehr schönes Bett, aber ganz voll von scharfen Schermessern. Da sprach Ganterus: »Ich soll mich doch nicht etwa in dieses Bett legen?« Da sprachen seine Diener: »Ja, Herr. Denn alle Könige vor dir haben in diesem Bette gelegen und sind darin gestorben.« Jener aber erwiderte: »Alles ist gut hier, das Bett ausgenommen, darum mag ich aber euer König nicht sein.« Er stand also früh auf und machte allein einen Marsch von drei Tagen. Unterwegs traf er aber einen Greis, der mit einem Stocke in der Hand über einer Quelle saß und zu ihm sprach: »Mein lieber Wanderer, wo kommst du denn her?« Darauf antwortete er: »Aus weiter Ferne.« Dann fragte jener weiter: »Was schaffst du?« Jener antwortete: »Ich suche drei Dinge und kann sie nicht finden.« Darauf fragte jener wieder: »Was denn für drei Dinge?« Ganterus antwortete: »Erstlich Überfluß ohne Mangel, zweitens Freude ohne Leid, drittens Licht oder Helle ohne Finsternis.« Da sprach der Greis: »Nimm diesen Stab und gehe immer auf dieser

Straße fort; du wirst bald einen Berg vor dir erblicken, und am Fuße dieses Berges steht eine Leiter, welche sechs Stufen hat: diese steige hinan, wenn du aber auf die sechste Sprosse gekommen sein wirst, wirst du auf dem Gipfel des Berges einen sehr schönen Palast gewahr werden. An die Pforte desselben tue drei Schläge, und der Pförtner wird dir antworten. Dann zeige ihm deinen Stab und sprich: ›Derjenige, welcher der Eigentümer dieses Stabes ist, befiehlt dir hiermit, daß du mich hineingehen läßt.‹ Wenn du aber darinnen sein wirst, wirst du alles jenes dreies finden, was du suchest.« Jener aber erfüllte alles, wie es ihm der Alte gesagt hatte; und wie der Türhüter den Stab sah, ließ er ihn hinein, und da fand er alles dreies und mehr noch, und blieb sein ganzes Leben daselbst.

Die Ungetreue

Einst war ein Kaiser Titus, in dessen Reiche ein gewisser edler Ritter lebte, der Gott sehr ergeben war und eine schöne Frau besaß, die ihm aber oft untreu war und nie von ihren Treulosigkeiten ablassen wollte. Wie solches der Ritter gewahr wurde, trauerte er in seinem Herzen und dachte das Heilige Grab zu besuchen und sprach also zu seinem Weibe: »Meine Liebe, ich will nach dem Heiligen Lande ziehen und übergebe Euch Eurer eignen Ehre.« Wie er aber über das Meer

gegangen war, da verliebte sich die Dame in einen Kleriker, der wohl in der schwarzen Magie erfahren war, und schlief bei ihm. Nun begab es sich einstmals, daß sie beieinander lagen und die Dame zu ihm sprach: »Wenn du imstande wärest, mir eine einzige Sache durchzusetzen, könntest du mich zur Frau nehmen.« Und jener versetzte: »Was ist denn das, was du willst? So ich es irgend kann, will ich dir zu Diensten sein.« Jene aber sprach: »Mein Mann ist nach dem gelobten Lande gezogen und liebt mich nicht besonders; so du ihn durch eine besondre Kunst töten könntest, würdest du alles, was ich habe, erhalten.« Darauf erwiderte der Kleriker: »Ich will dir zu Willen sein, jedoch nur unter der Bedingung, daß du mich zum Manne nimmst.« Jene aber sprach: »Darauf nimm mein festes Versprechen.« Der Kleriker aber machte ein Bild mit dem Namen des Ritters und hing es vor seinen Augen an die Wand auf. Während mittlerweile der Ritter durch eine Straße der Stadt Rom ging, begegnete ihm ein gewisser kluger Meister, sah ihn genau an und sprach zu ihm: »Mein Lieber, ich habe dir etwas im geheimen zu sagen.« Jener aber entgegnete: »Redet, Meister, was Euch beliebt.« Der aber versetzte: »Noch heute wirst du ein Kind des Todes sein, so du nicht Beistand von mir erhältst. Deine Frau ist eine Buhlerin und hat deinen Tod angestellt.« Wie der Ritter aber hörte, daß jener so die Wahrheit über seine Frau sprach, da hing er sich an ihn, glaubte ihm und sprach: »O lieber Meister, rette mein Leben, und ich will dir einen würdigen Lohn geben!« Der aber antwortete: »Ich will dich herzlich gern retten, so du tust, was ich dich heißen werde.« Der Ritter aber sprach: »Ich bin bereit.« Hierauf ließ der Meister ein Bad zurichten, zog dem Ritter seine Kleider aus und hieß ihn in das Bad gehen. Nachher aber gab er ihm einen hellpolierten Metallspiegel in die Hand und sprach: »Siehe fleißig in den Spiegel, du wirst Wunderdinge schauen!« Wie der aber in den Spiegel blickte, während der Meister neben ihm in einem Buche las und zu ihm sprach: »Sage mir, was du siehest!«, sagte er zu ihm: »Ich sehe in meinem Hause einen Kleriker, der von Wachs ein Bild gemacht, das mir ganz ähnlich ist, und an die Wand aufgehängt hat.« Darauf sprach der Meister weiter: »Was siehst du jetzt?« Jener aber sprach: »Eben hat er einen Bogen ergriffen, einen spitzigen Pfeil auf denselben gelegt und fängt an, nach dem Bilde zu schießen.« Da sprach der Meister: »So dir dein Leben lieb ist, so wirf, sobald du einen Pfeil nach dem Bilde zufliegen siehst, deinen

Körper in das Wasser des Bades, so lange, bis ich dich etwas andres heißen werde.« Wie das der Ritter gehört und gesehen hatte, daß sich der Pfeil in Bewegung setzte, verbarg er seinen Körper gänzlich unter dem Wasser, und als er das gemacht hatte, sprach der Meister zu ihm: »Stecke deinen Kopf heraus und schaue in den Spiegel!« Wie er das gemacht hatte, sagte er zu ihm: »Was erblickst du jetzt im Spiegel?« Jener aber antwortete: »Das Bild ist nicht getroffen worden, sondern der Pfeil ist an der Seite desselben vorbeigegangen, und der Kleriker ist bekümmert.« Darauf sprach der Meister: »Siehe jetzt wieder in den Spiegel, was er beginnt!« Jener aber entgegnete: »Er ist jetzt näher nach dem Bilde zu gerückt und hat einen Pfeil auf den Bogen gelegt, um nach dem Bilde zu schießen.« Jener aber versetzte: »Gerade so, wie du vorher getan hast, so tue auch jetzt, wenn du dein Leben lieb hast.« Als aber der Ritter im Spiegel sah, wie der Kleriker den Bogen spannte, steckte er seinen ganzen Körper ins Wasser. Hierauf sprach der Meister: »Siehe jetzt, wie es steht!« Und als jener das gemacht hatte, sprach er: »Der Kleriker ist sehr traurig, daß er das Bild nicht getroffen hat, und spricht zu meiner Frau: ›Wenn ich das Bild zum dritten Male nicht treffe, muß ich deshalb mein Leben einbüßen.‹ Eben rückt er noch näher an dasselbe, so daß es mir vorkommt, als könne es nicht fehlen, daß er das Bild treffen müsse.« Darauf sprach der Meister: »So du dein Leben liebst, sorge dafür, daß, sobald du den Bogen angezogen siehst, du alsbald deinen ganzen Körper unter das Wasser steckst, so lange, bis ich zu dir sprechen werde.« Der Ritter schaute also unverwandt in den Spiegel, und wie er den Kleriker den Bogen zum Schießen spannen sah, fuhr er mit seinem ganzen Körper unter das Wasser, bis der Meister zu ihm sprach: »Komm schnell heraus und siehe in den Spiegel!« Wie aber der Ritter hineingeschaut hatte, lachte er und der Meister sprach: »Lieber, sage mir doch, was du lachst?« Jener aber antwortete: »Ich sehe ganz deutlich in dem Spiegel, daß der Kleriker das Bild nicht getroffen hat, der Pfeil aber umgekehrt ist, ihn zwischen der Lunge und dem Magen durchbohrt hat, und er eben gestorben ist; meine Frau hat aber unter meinem Bette eine Grube gemacht und ihn darin begraben.« Da sprach der Meister: »Stürze dich jetzt schnell heraus, lege deine Kleider an und bitte zu Gott für mich!« Der Ritter aber dankte ihm für die Rettung seines Lebens, und als seine Reise beendigt war, machte er sich wieder zu seinem Lande auf; und wie er nach Hause kam, da eilte ihm seine Frau entgegen und empfing ihn voller Freude. Der Ritter aber verstellte sich mehrere Tage lang; endlich aber schickte er nach den Eltern seiner Frau und sprach zu ihnen: »Meine Teuern, ich habe euch aus folgender Ursache zu mir beschieden: hier ist eure Tochter, meine Frau, welche Ehebruch an mir verübt hat und, was weit schlimmer ist, darauf umging, mir den Tod zu geben.« Jene aber leugnete es mit einem Eide; allein der Ritter begann jetzt und trug den ganzen Hergang und das Verfahren des Klerikers vor und sprach: »Wenn ihr mir nicht glaubt, so kommt her und sehet den Ort, wo der Kleriker eingescharrt ist.« Hierauf führte er sie in sein Gemach, und sie fanden den Leichnam des Klerikers unter seinem Bette. Der Richter ward alsbald herbeigerufen und entschied, sie solle durch Feuer verbrannt werden, und also geschah es, und die Asche ihres Leibes ward in die Luft gestreut. Nachmals aber nahm sich der Ritter eine schöne Jungfrau zur Gemahlin, zeugte mit ihr Kinder und beschloß sein Leben in Frieden.

Eustachius

Einst herrschte ein Kaiser namens Trajanus, in dessen Reiche ein Ritter lebte, der Placidus hieß und von seiten des Kaisers zum Kriegsobersten bestellt war. Der ließ sich nun die Werke der Barmherzigkeit sehr angelegen sein, war aber dem Götzendienst ergeben. Er hatte aber eine Frau, welche demselben Kultus zugetan, aber auch ebenso barmherzig war als er selbst; mit dieser zeugte er zwei Söhne, welche er, zufolge ihrer edlen Geburt, köstlich erziehen ließ, und weil er nun eifrig die Werke der Mildtätigkeit betrieb, so verdiente er, auf den Weg der Wahrheit und des Lichts geführt zu werden. Wie er nun eines Tages das Weidwerk übte, traf er auf ein Rudel Hirsche, unter denen er einen erblickte, der schöner und größer war als die übrigen, sich von der Gesellschaft der andern absonderte und in einen weit ausgedehnten Wald entsprang. Während nun die übrigen Ritter sich mit den andern Hirschen beschäftigten, verfolgte Placidus mit aller Anstrengung jenen und bemühte sich, ihn zu fangen. Wie er nun aus allen Kräften nacheilte, lief endlich der Hirsch eine hohe Bergspitze hinan, und als Placidus näher kam, dachte er bei sich in seiner Seele darüber nach, wie er ihn nun auf eine andre Weise nicht fangen könne. Als er jedoch den Hirsch genau ansah, bemerkte er zwischen seinen Geweihen die Form des heiligen Kreuzes, das mehr als das Sonnenlicht selbst leuchtete, und das Bild Jesu Christi, welches durch den Mund des Hirsches gerade wie einst durch die Eselin Bileams mit folgenden Worten zu ihm sprach: »O Placide, was verfolgst du mich! Ich bin deinetwegen dir hier in der Gestalt eines Hirsches erschienen, ich bin Christus, den du, ohne es selbst zu wissen, verehrst; dein Almosen ist bis zu mir heraufgestiegen, und deshalb bin ich gekommen, daß ich durch den Hirsch, welchen du jagtest, dich selbst erjagen möge.« Andre sagen jedoch, daß das Bild, welches zwischen den Geweihen dieses Hirsches erschien, selbst diese Worte vorbrachte. Als das Placidus hörte, wurde er von großer Furcht ergriffen, stürzte vom Roß auf die Erde herab, und, erst nach einer Stunde wieder zu sich gekommen, stand er von der Erde auf und sprach: »Entdecke mir, was du sagen willst, so will ich an dich glauben!« Und Christus sprach: »Ich bin Christus, Placide, der den Himmel und die Erde erschaffen hat, der ich das Licht entstehen ließ und es von der Finsternis schied, der ich die Tages- und Jahreszeiten und Jahre bestimmte, den Menschen aus einem Erdenkloß bildete, der ich zum Heil des Menschengeschlechts auf Erden in Fleischesgestalt erschien, der ich gekreuzigt und begraben wurde und am dritten Tage wieder auferstand.« Wie das Placidus hörte, fiel er zum andern Male zur Erde nieder und sprach: »Herr, ich glaube, daß du das alles gemacht hast und die Irrenden bekehrst.« Und der Herr sprach zu ihm: »Wenn du an mich glaubst, so gehe zum Bischof dieser Stadt und laß dich taufen.« Ihm aber antwortete Placidus: »Willst du, Herr, daß ich dieses ebenso meiner Frau und meinen Kindern kundtue, auf daß auch diese an dich glauben?« Der Herr aber sprach: »Verkündige es ihnen, damit auch sie, gleich wie du, gereinigt werden mögen; du aber komm am morgenden Tage wieder hierher, damit ich dir zum zweiten Male erscheine und dir, was da kommen soll, vollständiger eröffnen kann!« Wie also Placidus nach Hause zurückgekehrt war und seiner Frau im Bette diese Sache verkündigte, da rief seine Frau aus: »Mein Herr, auch ich habe ihn in der vergangenen Nacht erblickt, wie er also zu mir sprach: ›Morgen wirst du und dein Mann und deine Söhne zu mir kommen‹, und jetzt habe ich ihn wiedererkannt, weil du es selbst auch erfahren hast.« Sie machten sich also noch um Mitternacht zu dem Bischof der Stadt Rom auf den Weg, der sie mit großer Freude taufte und den Placidus Eustachius nannte, seine Frau aber Theosbyta und seine Söhne Theosbytus und Agapitus. In der Frühe des andern Morgens aber begab sich Eustachius nach seiner Gewohnheit auf die Jagd, und als er an jene Stelle gekommen war, ließ er seine Begleiter, unter dem Vorwand, Wild aufzuspüren, auseinandergehen, und erblickte alsbald an demselben Orte wiederum die Gestalt seines ersten Gesichts; er fiel zur Erde nieder und sprach: »Herr, ich bitte dich demütiglich, daß du mir offenbaren mögest, was du deinem Knechte versprochen hattest!« Darauf sprach der Herr zu ihm: »Heil dir, Eustachi, daß du das Bad meiner Gnade empfangen und also den Teufel überwunden hast, und so den, der dich betrogen hatte, nieder in den Staub tratest. Bald aber wird dein Glaube an den Tag kommen, denn der Teufel, den du verlassen hast, wird gegen dich wüten und waffnet sich gegen dich auf allerlei Weise. Du mußt also viel leiden, auf daß du die Krone des Sieges erringest; du mußt vieles erdulden, auf daß du von der hohen Eitelkeit der Welt erniedrigt und wiederum mit geistigen Schätzen erhöht werdest. Falle also nicht wieder von mir ab und blicke nicht auf deine vorige Herrlichkeit, denn in Versuchungen mußt du dich als einen zweiten Hiob erweisen. Sage mir also, ob du die Versuchungen gleich jetzt bestehen willst, oder erst am Ende deines Lebens.« Eustachius aber sprach zu ihm: »Herr, wenn es so sein muß, so befiehl, daß der Versucher jetzt zu mir trete, verleihe mir aber die Tugend der Geduld.« Der Herr aber sprach: »Seid immerhin tapfer, weil meine Gnade eure Seelen behüten wird.« Und also stieg der Herr gen Himmel auf, und Eustachius kehrte nach Hause zurück und meldete alles seiner Frau wieder. Wenige Tage nachher aber ergriff eine todbringende Pest alle seine Knechte und Mägde und tötete alle; kurz darauf fielen alle seine Pferde und all sein Vieh auf einmal; einige Bösewichte aber, welche sich jetzt die Gelegenheit zum Rauben abpaßten, drangen zur Nachtzeit in sein Haus ein, trugen alles, was sie fanden, hinweg und plünderten alles Silber und Gold und andere Dinge im ganzen Hause – und er selbst mit seiner Frau und Kindern dankte Gott dafür, daß er nackt entfliehen konnte. Da sie nun aber fürchteten, von den Leuten verspottet zu werden, so zogen sie nach Ägypten; und ihr ganzes Besitztum war durch diese Räuberei jener Bösewichte auf nichts herabgebracht, der König aber und der ganze Senat kümmerten sich sehr wegen des so wackern Kriegsobersten, weil sie gar keine Zeichen von ihm entdecken konnten. Wie aber jene unterwegs waren, kamen sie ans Meer, und als sie daselbst ein Schiff antrafen, fingen sie an, dasselbe zu besteigen. Allein der Besitzer desselben, als er bemerkte, daß die Frau des Eustachius sehr schön war, wünschte sie zu besitzen, und da sie übergesetzt waren, verlangte er von ihnen sein Fährgeld, und weil sie nichts zum Bezahlen hatten, gebot er, die Frau, welche er bei sich zu haben wünschte, nicht ziehen zu lassen. Wie das Eustachius hörte, wollte er sich dieses durchaus nicht gefallen lassen, allein wie er noch so widersprach, da winkte der Schiffsherr seinen Leuten, sie sollten ihn ins Meer stürzen, auf daß er so zu dieser Frau kommen könnte. Als das Eustachius gewahr wurde, verließ er traurig seine Frau, nahm seine beiden Kinder und ging seufzend hinweg, indem er also sprach: »Wehe mir und euch, denn eure Mutter hat sich einem fremden Manne überliefert.« Er gelangte aber an einen Strom, über welchen er wegen der großen Menge Wassers, die er enthielt, nicht mit beiden Knaben zugleich zu setzen wagte, sondern ließ einen am Ufer zurück und trug den andern hinüber; wie er aber über den Strom gesetzt hatte, legte er das Kind, welches er auf seinem Rücken hinübergetragen hatte, auf die Erde und eilte, das andere zu holen. Wie er aber bis in die Mitte des Stromes gekommen war, siehe, da lief ein reißender Wolf vorbei, raubte den Knaben, welchen er dort abgesetzt hatte, und entfloh mit ihm in den Wald. Während der aber noch weglief, kam ein Löwe und raubte auch den andern Knaben und lief mit ihm weg, so daß er, weil er nicht imstande war, ihn zu verfolgen, mitten im Flusse anhob, seine Brust zu zerschlagen und sein Haar auszuraufen, sich auch in das Wasser stürzen wollte, wenn ihn nicht die göttliche Vorsehung daran gehindert hätte. Einige Hirten aber, welche gesehen hatten, wie jener Löwe den Knaben forttrug, verfolgten ihn mit ihren Hunden, und der Löwe warf durch Fügung Gottes den Knaben unverletzt von sich und entlief. Indessen hatten auch Ackerleute, welche hinter dem Wolfe herschrien, den andern Knaben unbeschädigt aus dem Rachen desselben befreit; und da beide Teile, die Hirten und die Ackerleute, aus einem Dorfe waren, so erzogen sie die beiden Knaben bei sich. Davon wußte aber Eustachius nichts, sondern ging weinend und klagend weiter, also sprechend: ›Wehe mir, der ich vorher so kräftig wie ein Baum war, jetzt bin ich gänzlich von allem entblößt. Wehe mir, ich, der ich gewohnt war, von einer Menge Krieger umgeben zu sein, bin jetzt ganz allein und darf nicht einmal meine Knaben bei mir behalten. Ich besinne mich, Herr, daß du zu mir sagtest, ich müsse wie Hiob versucht werden, siehe aber, mir geht es viel schlimmer wie dem Hiob; denn wiewohl jener von allem, was sein war, entblößt war, hatte er doch noch Mist, auf welchem er sitzen konnte. Mir dagegen ist von allem diesem gar nichts geblieben. Er besaß Freunde, welche Mitleid mit ihm hegten, ich aber hatte nur Feinde, wilde Tiere, welche meine Söhne raubten.

Ihm wurde seine Frau gelassen, mir aber ist sie genommen worden. Verleihe mir, Herr, jetzt Ruhe in meiner Trübsal und bewache meinen Mund, auf daß sich nicht mein Herz zu böslichen Worten verleiten lasse und ich von deinem Anblick verstoßen werde!‹ Als er also gesprochen hatte, ging er mit Tränen zu einem Dorfe und hütete daselbst um Lohn fünfzehn Jahre lang die Schafe der dortigen Einwohner. Seine Söhne aber wurden mittlerweile in einem andern Dorfe erzogen und wußten nicht, daß sie Brüder waren. Jener Schiffer aber behielt zwar die Frau des Eustachius bei sich, erkannte sie aber nicht, sondern hinterließ sie sogar unberührt, als er sein Leben beschloß. Der Kaiser aber und das römische Volk wurden unterdessen von ihren Feinden gar sehr belästigt, und indem sie des Eustachius gedachten, wie wacker der gegen sie gefochten hatte, wurden sie immer trauriger wegen seines plötzlichen Verschwindens. Der Kaiser schickte nun viele Ritter nach allen Weltgegenden aus und verhieß allen, die ihn finden würden, Reichtümer und Ehrenstellen. Einige aber von den Soldaten, welche unter Placidus gedient hatten, kamen gerade zu dem Dorfe, in welchem er sich aufhielt; und wie Placidus vom Felde kam und sie gewahr wurde, erkannte er sie sogleich an ihrem Gang und fing an zu seufzen und bestürzt zu werden, indem er der Würde gedachte, die er einst besessen hatte, und sprach in seinem Herzen: ›Herr, so wie ich diejenigen, welche einst mit mir gewesen sind, gegen meine Erwartung jetzt erblickt habe, ebenso verleihe mir, meine Gattin wiederzusehen, denn von meinen Söhnen weiß ich, daß sie von wilden Tieren gefressen worden sind.‹ Da drang eine Stimme zu ihm, welche also sprach: ›Habe Vertrauen, Eustachi, denn du wirst bald deine Würde wieder besitzen und deine Frau und Söhne wieder bekommen.‹ Wie er aber den Soldaten in den Weg kam, erkannten sie ihn nicht, grüßten ihn aber und fragten, ob er nicht einen Fremden namens Placidus, der eine Frau und zwei Söhne habe, kenne. Der aber sagte, er wisse nichts von ihnen, aber auf seine Bitten nahmen sie ihre Herberge bei ihm, und Placidus wartete ihnen auf; weil er aber seiner früheren Stellung gedachte, konnte er sich der Tränen nicht enthalten, ging aber hinaus und wusch sein Gesicht und wartete ihnen, zurückgekehrt, wieder auf. Jene aber betrachteten ihn und sprachen zueinander: »Wie ähnlich ist doch dieser Mensch dem, welchen wir suchen!« Ein andrer aber antwortete und sprach: »Er ist ihm sehr ähnlich, laßt uns ihn beobachten, ob er das Zeichen einer Narbe am Kopfe hat, welche von einer Wunde herrührt, die er einst in der Schlacht erhielt; wahrhaftig, er ist es selbst!« Und da sie ihn ansahen und an dem Zeichen sahen, daß er es selbst sei, welchen sie suchten, so erkannten sie ihn auf der Stelle, sprangen auf ihn zu, küßten ihn und fragten ihn nach seiner Frau und Kindern. Er aber sagte ihnen, es seien seine Söhne tot, und seine Frau werde ihm vorenthalten. Es eilten nun aber alle Nachbarn zu diesem Schauspiele herbei, indem jene Krieger von seiner Tapferkeit und früherem Ruhme erzählten; nachher aber eröffneten sie ihm des Kaisers Gebot und bekleideten ihn mit kostbaren Gewändern. Sie gelangten aber nach einer Reise von fünfzehn Tagen zum Kaiser, der, wie er von seiner Ankunft hörte, ihm alsbald entgegeneilte und ihm den Friedenskuß gab. Hierauf erzählte er allen der Reihe nach alles, was ihm begegnet war, ward hierauf sogleich zu der Wohnung des Kriegsobersten geführt und wurde aufgefordert, dieselbe Stelle, welche er früher besessen hatte, wiederum zu bekleiden; und nachdem er die Soldaten gezählt und gefunden hatte, daß ihrer nur wenige gegen so viele Feinde seien, befahl er, Rekruten in allen Städten und Dörfern zusammenzubringen. Nun begab es sich aber, daß auch für jenes Dorf, in welchem seine Söhne erzogen wurden, ausgeschrieben wurde, man solle zwei junge Leute zu Soldaten stellen; alle Bewohner jenes Ortes aber bezeichneten dem Kriegsobersten jene beiden Jünglinge als passender denn alle andern für den Krieg. Er sah sich also jene zwei jungen Leute an, und da er sie feingebildet und von guten Sitten fand, sie ihm also gar sehr wohl gefielen, so stellte er sie mit unter die ersten in die Schlachtlinie und zog also in die Schlacht. Nachdem also die Feinde geschlagen worden waren, ließ er seine Soldaten drei Tage an demselben Orte, wo seine Frau ihren Wohnsitz aufgeschlagen hatte, ausruhen, wo

denn seine Söhne zu ihr ins Quartier kamen, obgleich sie natürlicherweise nicht wußten, daß es ihre Mutter war. Wie sie nun um Mittag beieinander saßen und sich unterhielten, erzählten sie sich gegenseitig von ihren Kinderjahren; die Mutter jener Jünglinge aber, welche ihnen gegenübersaß, hörte aufmerksam mit an, was sie einander erzählten. Es sprach aber der Ältere zum Jüngern: »Ich kann mich aus meiner Kindheit auf weiter nichts besinnen, als daß mein lieber Vater ein Kriegsoberster und meine Mutter eine sehr schöne Frau war und zwei Söhne hatte, mich und einen kleinen Bruder, der aber ebenfalls sehr schön aussah;

einst nahmen uns unsere Eltern, mich und meinen Bruder, und gingen bei Nacht aus meinem väterlichen Hause heraus und bestiegen beide miteinander ein Schiff, nahmen uns aber beide mit, ich weiß jedoch nicht, wohin sie gehen wollten; wie wir aber das Schiff verließen, blieb meine Mutter, ich weiß nicht warum, auf der See zurück, unser Vater aber trug uns beide fort, weinte aber beständig; wie er aber an einen gewissen Strom kam, da setzte er mit meinem jüngern Bruder über und ließ mich am Ufer des Flusses zurück. Wie er aber zurückkehrte, um mich abzuholen, kam ein Wolf und raubte jenen Knaben, und noch ehe er sich mir nähern konnte, kam auch hier ein Löwe aus dem Walde, schleppte mich fort und entführte mich mit sich in seinen Wald. Einige Hirten entrissen mich aber dem Rachen des Löwen und zogen mich auf ihrem Gute auf, wie du selbst weißt, so daß ich nicht wissen kann, was aus meinem Vater und Bruder geworden ist.« Wie das der jüngere Bruder hörte, fing er an zu weinen und zu sagen: »So wahr Gott lebt, wie ich höre, bin ich dein Bruder, weil die, welche mich erzogen haben, mir sagten, wie sie mich aus dem Rachen eines Wolfes befreit hätten.« Also fielen beide einander in die Arme, küßten sich und fingen an zu weinen; ihre Mutter aber, welche das mit anhörte und bedachte, wie sie so richtig ihr Schicksal erzählt hatten, dachte lange bei sich nach, ob das ihre Söhne sein könnten. Am andern Tage aber ging sie zu dem Kriegsobersten, bat um Gehör und sprach zu ihm: »Herr, ich flehe dich an, daß du mich zu meiner Vaterstadt zurückbringen läßt; denn ich bin aus dem Römerlande und hier fremd.« Wie sie das sagte, ward sie an ihm Merkmale ihres Gatten gewahr, und da sie ihn erkannte und nicht mehr an sich halten konnte, fiel sie ihm zu Füßen und sprach: »Herr, ich bitte dich, mir dein früheres Leben zu erzählen, denn ich glaube, du bist Placidus, der Kriegsoberste, der mit seinem andern Namen Eustachius heißt, den der Heiland bekehrt hat, und der nun die Versuchung bestanden hat, dem ich als seine Frau auf dem Meere entführt worden bin, und der zwei Söhne Agapitus und Theosbytus hatte.« Wie das Eustachius hörte und, als er sie genauer betrachtet hatte, erkannte, daß sie seine Gattin sei, vergoß er Freudentränen, küßte sie und pries Gott, der die Niedergeschlagenen also zu trösten wisse. Danach sprach aber seine Frau zu ihm: »Herr, wo sind unsre Söhne?« Er aber antwortete: »Sie sind von wilden Tieren geraubt worden«, und erzählte ihr, wie er sie verloren hatte. Sie aber sprach: »Ich danke dem Herrn, denn ich meine, daß, wie Gott es uns verliehen hat, uns einander wiederzufinden, er uns auch das Glück gewähren wird, unsre Söhne wiederzuerkennen.« Jener aber sprach: »Ich habe dir ja gesagt, daß sie von wilden Tieren gefressen worden sind.« Sie aber entgegnete: »Als ich am gestrigen Tage in meinem Garten saß, habe ich zwei Jünglinge auf eine solche Weise von ihren Kinderjahren erzählen hören, daß ich glaube, es müssen unsre Söhne sein; frage sie selbst, damit sie es dir sagen!« Eustachius aber rief sie zu sich, und als er von ihnen die Geschichte ihrer Kindheit vernommen hatte, da erkannte er, daß sie seine Söhne waren; er und ihre Mutter fielen ihnen um den Hals, weinten gar sehr und küßten sie wiederholt, und das ganze Heer freute sich über ihr Wiederfinden und über die Besiegung der Feinde. Wie sie aber zurückkehrten, da hatte es sich zugetragen, daß Trajanus gestorben war und ihm Hadrianus, der weit schlechtere Taten verübte, auf den Thron folgte und sie für den gewonnenen Sieg und die Wiederfindung der Frau und Kinder köstlich aufnahm und ein großes Gastmahl zurichten ließ. Am andern Tag aber zog er nach dem heidnischen Götzentempel, um daselbst wegen des Sieges über die Barbaren ein Opfer zu bringen.

Wie aber der Kaiser sah, daß Eustachius weder wegen des Sieges noch wegen der Wiederfindung der Seinigen opfern wollte, ermahnte er ihn, er solle doch auch ein Opfer bringen. Der aber antwortete: »Ich verehre als meinen Gott Jesus Christus, und ihm allein diene und opfere ich.« Darüber aber entbrannte der Zorn des Kaisers, und er ließ ihn samt seiner Frau und Kindern in die Rennbahn bringen und einen grimmigen Löwen auf ihn loslassen. Allein der Löwe lief zwar auf sie zu, aber als bete er sie an, wich er wieder mit demütig gesenktem Haupte von ihnen zurück. Darauf ließ der Kaiser einen ehernen Ochsen erhitzen und befahl, sie lebendig hineinzustecken; diese Heiligen aber verrichteten ihr Gebet und befahlen sich Gott, worauf sie in den Ochsen hineingingen und daselbst ihre Seelen dem Herrn zurückgaben. Drei Tage nachher wurden sie aber in Gegenwart des Kaisers wieder aus dem Ochsen herausgenommen und so durchaus unbeschädigt befunden, daß der Dampf des Feuers weder ihre Haare, noch sonst irgend etwas an ihnen berührt hatte. Die Christen aber trugen ihre Körper hinweg und bargen sie an einem sehr bekannten Orte, wo sie eine Kapelle erbauten. Jene starben aber den Märtyrertod unter Hadrianus, der den Thron bestieg um das Jahr des Herrn 120, den ersten November oder, wie andere sagen, den zwanzigsten September.

Von allzu großer Liebe und Treue

Petrus Alphonsus berichtet, daß einst zwei Ritter lebten, der eine in Ägypten, der andere in Baldach. Zwischen diesen beiden Leuten gingen aber öfters Boten hin und her; denn was nur in Ägyptenland vorging, das berichtete der Ritter aus Ägypten durch Boten an den Ritter von Baldach, und so umgekehrt, und also war zwischen ihnen eine treue Liebe entstanden, und doch hatte noch keiner den andern gesehen. Wie aber einmal der Ritter von Baldach auf seinem Bette lag, dachte er bei sich: ›Mein Geselle aus Ägyptenland erzeigt mir viel Freundschaft, und gleichwohl habe ich ihn noch nie mit meinen leiblichen Augen geschaut: ich will mich zu ihm aufmachen und ihn besuchen.‹ Er mietete hierauf ein Schiff und kam nach Ägypten; und als sein Freund von ihm hörte, kam er ihm entgegen und führte ihn voller Freude in sein Haus. Nun hatte aber jener Ritter ein sehr schönes Mägdlein in seinem Hause, und wie sie der Ritter von Baldach erblickt hatte, ward er von ihren Augen gefangen und krank vor allzu großer Liebe zu ihr. Wie aber der Ritter aus Ägyptenland solches gewahr wurde, sprach er zu ihm: »Mein Lieber, sage, was fehlt dir denn?« Jener aber erwiderte: »In deinem Hause ist ein Mägdlein, nach welchem mein Herz von ganzer Seele begehrt, so daß, wenn ich es nicht bekomme, ich ein Kind des Todes sein werde.« Als das der Ritter hörte, zeigte er ihm alle Frauen seines Hauses, jenes Mägdlein ausgenommen. Wie aber jener alle in Augenschein genommen hatte, sprach er: »Um alle diese kümmere ich mich wenig oder gar nicht, allein es gibt noch eine andre, die ich hier nicht sehe, welche meine Seele liebt.« Endlich zeigte er ihm auch dieses Mädchen, und als er dasselbe betrachtet hatte, sprach er: »Auf ihr allein beruht mein Leben oder Tod.« Der Ritter aber entgegnete: »Auch ich sage dir, daß ich diese von ihrer Kindheit an in meinem Hause erzogen habe, auf daß sie meine Gemahlin würde und ich mit ihr unendliche Schätze erhielte; indessen habe ich dich so lieb, daß, ehe ich dich sterben lasse, ich sie dir lieber zur Frau abtrete samt all ihrem Reichtum, welchen sie hätte erhalten sollen.« Wie das der andre Ritter hörte, freute er sich sehr, nahm sie zur Frau, erhielt mit ihr große Reichtümer und machte sich also mit dieser seiner Ge-

mahlin nach seiner Vaterstadt Baldach auf. Nach diesem geriet auf einmal der Ritter aus Ägypten in große Dürftigkeit, so daß er weder ein Haus noch sonst etwas andres mehr besaß. Er dachte also bei sich: ›Zu wem kann ich mich besser begeben als zu meinem Gesellen von Baldach, dem ich zu Reichtum verholfen habe, auf daß er selbst nun in meiner Armut auf mich Rücksicht nehme.‹ Er bestieg also ein Schiff und kam nach Baldach nach Sonnenuntergang in eine Stadt, in welcher sein reicher Geselle wohnte. Er dachte aber bei sich:

›Es ist jetzt Nacht, wenn ich in diesem Augenblicke in das Haus meines Genossen komme, wird er mich nicht erkennen, weil ich schlecht gekleidet bin und niemand bei mir habe, da ich doch gewohnt war, eine große Dienerschaft mit mir zu führen und an allem Überfluß zu haben.‹ Er sprach also bei sich: ›Ich will diese Nacht ausruhen und morgenden Tages zu ihm gehen‹, sah sich um, erblickte den Kirchhof, sah die Kirchtüren offen und trat hinein, um daselbst die Nacht zuzubringen. Wie er aber eine Weile daselbst gewesen war und eben einschlafen wollte, fochten einige auf der Straße miteinander, und einer tötete den andern. Der Mör-

der aber floh auf den Kirchhof und floh auf der andern Seite wieder hinaus. Nach diesem erhob sich nun in der Stadt ein Geschrei: ›Wo ist der Mörder, wo ist der Verräter, der einen Menschen umgebracht hat?‹ Jener aber sprach: »Ich bin der Mörder, der jenen Mann erschlagen hat, nehmt mich und hängt mich an den Galgen!« Jene legten nun Hand an ihn und sperrten ihn die ganze Nacht hindurch in ein Gefängnis. Frühe aber ward mit der Glocke der Stadt geläutet, der Richter fällte seinen Spruch gegen ihn, und man führte ihn zum Galgen. Unter den Zuschauern aber befand sich auch sein Geselle, der Ritter, zu dem er gekommen war.

Wie ihn der zum Galgen schleppen sah, sprach er bei sich: ›Das ist mein Genosse aus Ägypten, der mir meine Frau samt vielen Schätzen gegeben hat, und der geht zum Galgen, und ich soll leben?‹ Er rief also mit lauter Stimme und sprach: »Ihr lieben Leute, wollet nicht einen unschuldigen Menschen hinrichten; der, welchen ihr zum Tode führt, hat keine Schuld, ich bin der Verräter, der den Mann erschlagen hat, nicht er.« Wie das jene hörten, legten sie Hand an ihn und führten beide zum Galgen. Wie nun aber beide schon nahe am Galgen waren, da dachte der wahrhaft Schuldige bei sich: ›Da ich schuld an dieser Tat bin, soll ich zugeben, daß diese Unschuldigen sterben? Es kann nicht anders kommen, als daß Gott einmal Rache an mir dafür nimmt; es ist besser für mich, hier eine kurze Strafe auszustehen, als die ewige Pein in der Hölle zu leiden!‹ Er rief also mit lauter Stimme: »Liebe Leute, wollet um Gottes willen nicht Unschuldige hinrichten, denn keiner von diesen hat durch ein Zeichen, Wort oder Tat die Veranlassung gegeben, daß der, welcher getötet worden ist, erschlagen wurde, sondern ich bin der, welcher ihn mit eigner Hand ermordet hat; also richtet mich hin und lasset die Unschuldigen frei ihre Straße ziehn.« Wie jene das vernahmen, griffen sie auch diesen, verwunderten sich aber und führten sie vor den Richter. Wie sie aber der Richter erblickte, wunderte auch er sich und sprach: »Weshalb seid ihr wieder umgekehrt?« Jene aber erzählten den ganzen Hergang der Sache von Anfang bis ans Ende, und der Richter sprach zu dem ersten Ritter: »Mein Bester, aus welchem Grunde hast du gesagt, daß du den Menschen erschlagen hast?« Jener aber erwiderte: »Das will ich Euch ohne Falsch sagen. In meinem Vaterlande Ägypten war ich reich und hatte Überfluß an allem; nachher bin ich in große Dürftigkeit geraten und besaß weder ein Haus, noch einen Ort, noch irgend etwas mehr: aus

Sehnsucht habe ich mich also in dieses Land begeben, ob ich vielleicht eine Unterstützung erhalten könne. Darum habe ich gesagt, daß ich den Mann getötet hätte, denn ich will lieber sterben als leben, und in diesem Augenblicke noch bitte ich dich um Gottes willen, mich hinrichten zu lassen.« Hierauf sprach der Richter zu dem zweiten Ritter von Baldach: »Und du, mein Lieber, weshalb hast du gesagt, daß du den Mann umgebracht hast?« Der antwortete aber: »Herr, dieser Ritter hat mir mein Weib mit ihren vielen Schätzen gegeben, die er für sich aufgehoben hatte, und durch ihn bin ich in allem reich geworden. Wie ich nun diesen meinen lieben Gesellen, durch den ich zu so Großem und so Vielem gelangt bin, zum Galgen führen sah, habe ich mit lauter Stimme gerufen: ›Ich bin schuld an dem Tode jenes Mannes, nicht er‹, weil ich gern aus Liebe für ihn zu sterben wünschte.« Nun sprach der Richter zu dem Mörder: »Weshalb hast du aber behauptet, den Mann ermordet zu haben?« Der aber entgegnete: »Herr, ich habe nur die Wahrheit gesagt, denn es wäre eine schwere Sünde gewesen, wenn ich Unschuldige hätte sterben lassen und am Leben geblieben wäre. Deshalb habe ich es vorgezogen, die Wahrheit zu sagen und hier Strafe zu leiden, als daß Schuldlose verurteilt würden und ich in der Hölle oder anderswo dafür bestraft werden sollte.« Da sprach der Richter: »Weil du die Wahrheit bekannt und Unschuldige gerettet hast, schenke ich dir das Leben, sofern du nur künftig deinen Lebenswandel zu bessern trachtest; gehe hin in Frieden.« Alle aber, welche die Worte des Richters vernahmen, lobten ihn, daß er ein so gutes Urteil gefällt hatte, weil der Schuldige die Wahrheit gestanden hatte.

Apollonius

Es regierte einstmals ein König Antiochus in der Stadt Antiochia, die von ihm ihren Namen bekommen hat, und erzeugte mit seiner Frau eine reizende Tochter. Als diese zum mannbaren Alter gekommen war und der Glanz ihrer Schönheit immer wuchs, da verlangten sie viele mit ihrer großen und unschätzbaren Mitgift zur Ehe. Während ihr Vater aber noch mit sich zu Rate

ging, wem er vornehmlich seine Tochter zur Frau geben solle, und es selbst nicht wußte, entbrannte plötzlich in ihm eine grausame Flamme der Liebe und ungerechten Begierde nach seiner eigenen Tochter, und er fing sie an mehr zu lieben, als es sich für ihn als ihren Vater geziemte. Während er aber noch mit seiner Raserei rang und diese mit der Schamhaftigkeit kämpfte, siegte doch endlich die Liebe, und er begab sich eines Tags in das Schlafgemach seiner Tochter und hieß alle sich daraus entfernen, als wenn er mit seiner Tochter eine geheime Unterredung haben wollte. Da ihn aber die Tollheit seiner Lust antrieb, so raubte er seiner Tochter trotz ihres Sträubens ihre Unschuld und beschmutzte ihre Schamhaftigkeit. Wie nun aber das Mägdlein bei sich darüber nachdachte, was sie machen solle, kam plötzlich ihre Amme zu ihr herein, und als sie dieselbe mit einem weinerlichen Gesicht erblickte, sprach sie: »Weshalb ist deine Seele also niedergeschlagen?« Das Mädchen aber sprach: »O Teuerste, eben sind in diesem Gemache zwei edle Namen untergegangen.« Die Amme aber entgegnete: »Herrin, was soll das heißen?« Jene aber antwortete: »Daß ich noch vor meiner Verehelichung durch das schändlichste Verbrechen beschimpft worden bin.« Als die Amme gehört und gesehen hatte, ward sie wie toll und sprach: »Und welcher Teufel hat denn die Frechheit gehabt, das Bett einer Königin zu besudeln?« Das Mägdlein antwortete: »Gottlosigkeit hat es getan.« Die Amme erwiderte: »Warum zeigst du es nicht deinem Vater an?« Das Mägdlein versetzte: »Wo ist denn mein Vater? Wenn du es wüßtest, wird der Name des Vaters bei mir verloren sein, und der Tod behagt mir allein noch als Rettung.« Als aber die Amme hörte, daß sie sich nach der Hilfe des Todes sehne, da redete sie ihr mit schmeichelnden Worten ab und ermahnte sie, ihren Vorsatz aufzugeben. Während indessen der gottlose Vater mit heuchlerischer Miene vor seinen Untertanen den frommen Vater spielte, freute er sich, in seinen vier Wänden der Mann seiner Tochter zu sein; und um für immer das verfluchte Bett seiner Tochter teilen zu können, erdachte er eine neue Art von Nichtswürdigkeit, um die Freier zu verscheuchen, welche sie vielleicht zur Frau begehrten. Er gab nämlich ein Rätsel auf, indem er sich also vernehmen ließ: »So jemand die Lösung meiner Frage finden wird, der soll meine Tochter zur Frau bekommen, wenn er dieselbe aber nicht trifft, den Kopf verlieren.« Es kamen nun aber von allen Enden der Welt sehr viele Könige um der unglaublichen und unerhörten Schönheit des Mädchens willen hergezogen, und wenn auch einer zufällig die Lösung des Rätsels gefunden hatte, wurde er doch, als hätte er nichts gesagt, hingerichtet und sein Kopf über dem Tore aufgesteckt, auf daß die Ankommenden das Bild des Todes vor sich hätten und abgeschreckt würden, sich auf eine solche Bedingung einzulassen. Alles dieses hatte er aber getan, um selbst mit seiner Tochter im Ehebruch leben zu können. Während aber Antiochus noch dergleichen Grausamkeiten ausübte, kam ein gewisser junger Tyrier mit Namen Apollonius, der in seiner Vaterstadt zu den Vornehmsten gehörte, sehr reich war und bedeutende Kenntnisse besaß, auf einer Seereise nach Antiochia, begab sich zu dem König und sprach: »Heil dir, o König!« Und jener sprach: »Möge es deinen Eltern in ihrer Ehe wohlgehen!« Der Jüngling aber sprach: »Ich erbitte mir deine Tochter zur Gemahlin.« Als aber der König hörte, was er nicht hören wollte, schaute er den Jüngling an und sprach: »Kennst du die Bedingung ihrer Verheiratung?« Der Jüngling entgegnete: »Ich kenne sie und sah sie am Tore.« Der König aber ward zornig und sprach: »Vernimm also die Frage: ›Auf Verbrechen fahre ich, das Fleisch meiner Mutter verzehre ich, ich suchte meinen Bruder und meiner Mutter Mann und finde ihn nicht.« Als der Jüngling diese Frage vernommen hatte, entfernte er sich einige Augenblicke von dem Könige; und da er sich nach der Hilfe seiner Wissenschaft umsah, fand er durch die Gnade Gottes die Auflösung der Frage, kehrte zum König zurück und sprach: »Mein guter Herr König, du hast mir eine Frage vorgelegt, vernimm jetzt die Auflösung derselben. Darin nämlich, daß du gesagt hast: ›Ich fahre auf einem Verbrechen‹, hast du nicht gelogen, siehe dich nur selbst an; bei den Worten aber: ›Ich verzehre meiner Mutter Fleisch‹, schaue nur deine Tochter an.« Als der König aber vernahm, daß die Lösung des Rätsels von dem Jünglinge getroffen worden sei, fürchtete er, seine Sünde möchte offenbar werden; er schaute ihn daher mit zorniger Miene an und sprach: »Jüngling, du bist noch weit von der Auflösung der Frage entfernt, du hast nicht gesagt, was wahr ist; zwar verdienst du geköpft zu werden, allein siehe, du sollst noch einen Zeitraum von dreißig Tagen haben: überlege dir die Sache noch einmal, kehre in dein Land zurück, und wenn du die Auflösung meiner Frage findest, sollst du meine Tochter zur Frau bekommen, wo nicht, wirst du deinen Hals verlieren.« Der Jüngling aber ward bestürzt, nahm seine Begleiter mit sich, bestieg ein Schiff und begab sich in seine Vaterstadt. Allein nach der Entfernung des jungen Mannes rief der König seinen Haushofmeister namens Taliarchus zu sich und sprach zu ihm: »Taliarche, mein getreuester Geheimschreiber, wisse, daß Apollonius von Tyrus die Auflösung meiner Frage entdeckt hat; besteige also ein Schiff, ihn zu verfolgen, und wenn du nach Tyrus kommst, so frage nach ihm und bringe ihn durch Gift oder Dolch um. Wenn du zurückkehrst, sollst du eine große Belohnung erhalten.« Taliarchus aber nahm seinen Schild und Geld, machte sich auf den Weg und begab sich nach der Vaterstadt des Jünglings. Apollonius aber gelangte eher dahin, begab sich in sein Haus, öffnete alle seine Schränke, schlug alle seine Bücher nach und fand doch nichts andres, als was er dem König gesagt hatte, sprach also bei sich: ›Wenn ich mich nicht irre, liebt der König seine Tochter mit einer unlautern Brunst.‹ Wie er aber noch darüber nachdachte, sagte er in seinem Herzen: ›Was machst du, Apolloni, du hast die Auflösung entdeckt und doch die Prinzessin nicht erhalten, du bist also von Gott bestimmt, nicht unterzugehen.‹ Alsbald ließ er Schiffe für sich rüsten und dieselben mit hunderttausend Scheffeln Getreide, einer großen Last Silber und vielen Kleidungsstücken beladen, bestieg in der dritten Stunde der Nacht mit wenigen Getreuen ein Schiff und vertraute sich der hohen See an. Am andern Tage aber wurde er von seinen Mitbürgern gesucht, aber nicht gefunden; und es erhob sich ein ungeheures Wehklagen, daß der geliebteste Fürst des Vaterlandes nirgends zu finden war, und es herrschte in der ganzen Stadt eine große Trauer. Er besaß aber die Liebe seiner Mitbürger in einem so hohen Grade, daß lange Zeit hindurch die Bartscherer feiern mußten, die öffentlichen Schauspiele ruhten, die Bäder verschlossen wurden und niemand weder die Tempel noch Wirtshäuser besuchte. Während aber die Sachen so standen, kam Taliarchus, der vom König Antiochus gesandt war, jenen zu ermorden, an; und da er alle Häuser verschlossen sah, sprach er zu einem Knaben: »Sage mir bei deinem Leben, warum diese Stadt also in Trauer liegt?« Der Knabe aber sprach: »O Teuerster, weißt du denn nicht bereits, was du fragst? Diese Stadt hat Trauer angelegt, weil der Fürst Apollonius nach seiner Zurückkunft vom König Antiochus sich nirgends sehen läßt.« Wie das Taliarchus hörte, kehrte er voller Freude auf sein Schiff zurück, segelte wieder nach Antiochia, begab sich zu dem König und sprach: »Herr, mein König, freue dich, weil Apollonius aus Furcht vor dir sich nicht wieder hat blicken lassen!« Der König aber sagte: »Fliehen kann er wohl, aber mir nicht entfliehen.« Alsbald ließ er folgendes Edikt bekanntmachen: »Wer mir den Apollonius von Tyrus, den Verräter meiner Majestät, ausliefern wird, soll fünfzig Goldtalente erhalten, wer aber seinen Kopf abschlagen wird, soll hundert haben.« Hierauf ließen sich nicht bloß seine Feinde, sondern auch seine Freunde von der Habsucht verlocken und machten sich eilig auf, dem Apollonius nachzusetzen. Man forschte aber dem Apollonius zu Wasser und zu Lande, in den Wäldern und jeglichem Schlupfwinkel nach, und fand ihn doch nicht. Darauf ließ der König ganze Schiffsflotten ausrüsten, um den Jüngling zu verfolgen; allein während sich die dazu Bestellten noch bei der Ausrüstung derselben aufhielten, kam Apollonius nach Tharsis und wurde, als er am Gestade herumspazierte, von einem seiner Sklaven, mit Namen Elinatus, erblickt, der zu derselbigen Stunde angekommen war. Dieser aber trat zu ihm und sprach: »Heil sei dir, König Apolloni!« Als der aber also begrüßt wurde, machte er es so, wie es Mächtige zu tun pflegen, und beachtete den Mann gar nicht. Darüber ward der Alte sehr aufgebracht, grüßte ihn zum zweiten Male und sprach: »Heil sei dir, König Apolloni! Erwidere doch meinen Gruß und wolle nicht eine durch anständige Sitten geschmückte Armut geringschätzen! Denn wenn du wüßtest, was ich weiß, würdest du dich wohl in acht nehmen.« Jener aber sprach: »Saget mir es doch, wenn es Euch gefällig ist!« Der aber sprach: »Du bist geächtet.« Jener entgegnete aber: »Und wer hat denn den Fürsten seiner Vaterstadt in die Acht erklärt?« Elinatus aber sprach: »Der König Antiochus.« »Weshalb denn der König Antiochus?« Elinatus entgegnete: »Weil du sein willst, was er als Vater ist.« Apollonius versetzte: »Und für wieviel hat er mich denn geächtet?« Und jener entgegnete: »Wer dich ihm lebend stellen wird, der soll fünfzig Goldtalente, wer ihm aber deinen Kopf bringt, der soll hundert Talente als Lohn haben. Darum ermahne ich dich, irgendwo Schutz zu suchen.« Als Elinatus also gesprochen hatte, entfernte er sich. Apollonius aber rief ihm nach und bat ihn, er möchte doch zu ihm kommen, er wolle ihm hundert Goldtalente geben, und sprach: »Nimm sie doch von meiner Armut, weil du sie verdient hast, haue mir den Kopf ab und überreiche ihn dem König; das wird ihm große Freude machen. Siehe, hier hast du hundert Goldtalente, und dabei bleibst du ohne Schuld, weil ich dich aus freiem Willen dazu gedungen habe, daß du dem König eine so große Freude machen sollst.« Der Greis aber antwortete ihm: »Herr, es sei ferne von mir, daß ich um einer solchen Sache willen jemals in meinem Leben eine Belohnung haben möchte, rechtliche Leute stellen Freundschaft niemals dem Gelde gleich.« Und nachdem er den König Apollonius noch sehr gepriesen hatte, begab er sich hinweg. Nach diesem, als Apollonius sich noch auf demselben Flecke am Meeresufer erging, sah er einen Mann auf sich zukommen, namens Stranguilio, der ein betrübtes und trauriges Gesicht machte. Apollonius aber ging auf ihn los und sprach zu ihm: »Heil sei dir, Stranguilio!« Und dieser erwiderte: »Auch dir, mein König Apolloni«, und setzte hinzu: »Sage mir doch, weshalb du dich an diesem Orte mit so verstörter Miene aufhältst?« Apollonius sprach: »Weil ich die Tochter des Königs, nachdem ich die Wahrheit gesprochen hatte, zur Frau und zu meiner ehelichen Gemahlin begehrte. Ich wünsche also und bitte, daß ich, wenn es möglich ist, mich in Eurer Stadt verstecken kann.« Stranguilio aber sagte: »Herr Apollonius, unsre Stadt ist sehr arm und nicht imstande, deine hohe Geburt standesgemäß aufrechtzuerhalten; außerdem leiden wir an einer schweren Hungersnot und Getreidemangel, und unsre Mitbürger haben keine Hoffnung auf Erlösung, sondern der grausamste Tod schwebt vor unsern Augen.« Apollonius aber erwiderte: »Danket Gott, der mich auf meiner Flucht an Eure Grenze verschlagen hat; ich will Eurer Stadt hunderttausend Scheffel Korn geben, wenn du nur meine Flucht hierher verheimlichen willst.« Als das Stranguilio hörte, warf er sich ihm zu Füßen und sprach: »Herr Apollonius, wenn du dieser verhungerten Stadt zu Hilfe kommen willst, werden wir nicht bloß deine Flucht geheimhalten, sondern, wenn es nötig ist, auch für deine Erhaltung kämpfen.« Hierauf bestieg Apollonius auf dem Markte den Richterstuhl und sprach zu allen Bürgern jener Stadt, welche anwesend waren: »Ihr Bürger von Tharsis, welche Getreidemangel drückt und plagt, ich, Apollonius von Tyrus, will euch helfen; denn ich denke, daß ihr dieser Wohltat eingedenk sein und meine Flucht geheimhalten werdet. Denn wisset, daß ich nicht wegen meiner Reise, wohl aber zu eurem Glücke hierhergeführt worden bin. Ich will euch also hunderttausend Scheffel Korn um denselben Preis geben, als ich sie in meiner Heimat gekauft habe, nämlich einen jeden für acht Schillinge.« Wie das die Bürger hörten, daß sie einen Scheffel um acht Schillinge kaufen könnten, wurden sie sehr froh, dankten ihm und fingen sogleich an, das Korn zum Gebrauche zuzurüsten. Apollonius aber nahm zwar das Geld, allein damit es nicht schiene, als wenn er seine königliche Würde abgelegt hätte und mehr ein Kaufmann als ein Wohltäter wäre, schenkte er dasselbe dem Gemeindevermögen dieser Stadt wieder. Wie aber die Bürger diese seine so großen Wohltaten erkannten, errichteten sie ihm auf dem Markte eine Bildsäule, auf welcher er, auf einem Wagen stehend, dargestellt war, wie er mit der rechten Hand die Ähren brach und sie mit dem linken Fuße austrat, und schrieben darunter auf das Fußgestell: »Der Apollonius von Tyrus hat der Stadt Tharsis ein Geschenk gegeben, welches sie von einem schrecklichen Tode errettet hat.« Als hierauf einige Tage verflossen waren, nahm er sich vor, auf den Rat des Stranguilio und seiner Frau Dyonisiades nach der Tyrrhenerstadt Pentapolis zu schiffen, um sich daselbst zu verbergen, während seine Guttaten mit Ruhe und Wohlfahrt vollzogen wurden. Er wurde also mit großen Ehren ans Meer geführt und bestieg, nachdem er allen ein Lebewohl gesagt hatte, sein Schiff. Allein nach drei Tagen und ebensoviel Nächten, als er das Gestade von Tharsis verlassen hatte und er bisher mit günstigem Winde gesegelt war, veränderte sich auf einmal das Meer. Denn in wenigen Stunden erhob sich nun ein Sturm, indem der Aquilo und Eurus die Flotte bedrängten; der Himmel ergoß sich mit ungeheurem Regen, das tyrische Schiffsvolk ward vom Sturm vernichtet, das Schiff barst zu gleicher Zeit, der Zephyrus wühlte das Meer auf, Hagel und dunkle Wolken lagerten sich auf demselben. Es bliesen aber die Winde so

stark, daß der Tod alle erfaßte; zwar haschte jeder nach einem Brette, allein bei einer solchen Finsternis und Unwetter kamen alle ums Leben. Apollonius allein ward durch eine Planke, die er glücklicherweise erhascht hatte, an die Küste der Pentapolis getrieben, und als er jetzt am Ufer stand und auf das nun ruhige Meer hinblickte, sprach er also: ›O du treuloses Meer, lieber will ich in die Hände des grausamen Königs geraten als in die deinigen; wohin soll ich mich jetzt wenden, wo soll ich ein Vaterland finden, welcher Bekannte soll mir, dem Unbekannten, beistehen?‹ Während aber Apollonius also bei sich sprach, erblickte er einen jungen Mann, der auf ihn zukam, einen kräftigen Schiffer, in einen schmutzigen Mantel gehüllt, und weil ihn die Not dazu zwang, so warf er sich ihm zu Füßen und sprach unter vielen Tränen: »Erbarme dich, wer du auch bist, eines Schiffbrüchigen, der nur das nackte Leben gerettet hat, aber nicht von niedrigen, sondern vornehmen Eltern gezeugt ist; und damit du es weißt, wessen du dich erbarmen sollst: ich bin Apollonius von Tyrus, ich, der Herr meiner Vaterstadt, flehe dich an, mir das Leben zu retten!« Als aber der Fischer die Schönheit des jungen Mannes gewahr wurde, da ward er von Mitleid bewegt, hob ihn auf und führte ihn unter das Dach seiner Wohnung, setzte ihm Speisen vor, soviel er nur bekommen konnte, und damit er seiner Mildtätigkeit noch vollständiger Genüge leisten möchte, zog er seinen großen Kittel aus, teilte ihn in zwei Hälften, gab eine davon dem jungen Manne und sprach: »Nimm, was ich habe, und gehe in die Stadt, vielleicht wirst du da jemand finden, der sich deiner erbarmt; so du aber keinen findest, kehre wieder zu mir zurück und laß dir an meiner Armut genügen.« Der Fischer setzte noch hinzu: »Nur daran erinnere ich dich, daß, wenn du irgend einmal deiner früheren Herrlichkeit zurückgegeben wirst, du dann die Armut eines geringen Fischers nicht verachten magst.« Apollonius aber erwiderte: »Wenn ich nicht ewig deiner gedenken werde, will ich noch einmal Schiffbruch leiden und nicht einen Mann finden, wie du bist.« Als er so gesprochen hatte, schlug er den ihm gezeigten Weg ein und trat in das Tor der Stadt. Während er aber noch darüber nachdachte, wo er Hilfe hernehmen solle, sah er einen nackten Knaben durch die Straßen laufen, der sein Haupt mit Öl gesalbt hatte, mit einem Handtuche umgürtet war und mit lauter Stimme folgendes ausschrie: »Höret es alle, hört es, ihr Fremden und Knechte, wer sich abwaschen will, der trete in die Badestube!« Wie das Apollonius vernommen hatte, zog er seinen alten Rock aus, begab sich in das Bad und bediente sich des Wassers desselben. Während er aber alle Anwesenden einzeln anschaute, suchte er einen seinesgleichen, fand aber keinen. Als plötzlich der König der ganzen Umgegend, Altistrates, mit einem Schwarme von Dienern hereintrat, und als der König mit seinen Knechten das Ballspiel trieb, da bückte sich Apollonius vor dem König, hob den laufenden Ball auf und sandte ihn mit einer feinen Leichtigkeit geschlagen wieder dem König

zurück. Darauf sprach der König zu seinen Dienern: »Entfernt euch; denn hier ist ein Jüngling, der es mit mir, wie ich denke, aufnehmen kann.« Als Apollonius aber hörte, daß er gelobt werde, trat er mutvoll hin zum König, und nachdem er das Gefäß mit Öl und Wachssalbe ergriffen hatte, salbte er ihn am ganzen Körper mit geschickter Hand und bähete ihn dann auf einem weichen Sessel und hörte mit seinen Dienstleistungen erst auf, als jener sich entfernte. Und der König sprach zu seinen Freunden nach dem Weggange des Jünglings: »Ich schwöre euch, daß ich mich in Wahrheit nie besser gebadet habe, als heute durch dieses Jünglings Dienstfertigkeit, ob ich gleich nicht weiß, wer er ist«; dabei sah er einen seiner Diener und sprach: »Siehe zu, wer der Jüngling ist, der mich bedient hat.« Jener aber folgte dem jungen Manne und sah, daß er mit einem schmutzigen und schlechten Mantel bekleidet war, kehrte zum König zurück und sprach: »Der junge Mann ist ein Schiffbrüchiger.« Der König erwiderte: »Woher weißt du das?« Und jener versetzte: »Auch ohne daß er es sagt, zeigt es seine Kleidung an.«

Der König aber sprach: »Gehe schnell hin zu ihm und sage ihm: ›Der König läßt dich bitten, du möchtest heute an seiner Tafel speisen.‹« Wie das Apollonius hörte, freute er sich sehr und begab sich mit dem Diener zum Könige. Der Diener trat aber eher in dessen Gemach und sprach: »Der Schiffbrüchige ist da, allein wegen seiner schmutzigen Kleidung schämt er sich hereinzukommen.« Und gleich ließ ihn der König mit seiner würdigen Gewändern bekleiden und in das Speisezimmer treten. Als aber Apollonius in den Speisesaal getreten war, setzte er sich an einem ihm angewiesenen Orte, dem König gegenüber, nieder; es wurde zuerst ein Frühstück, dann aber ein königliches Mahl aufgetragen, allein Apollonius langte nicht zu, obgleich alles speiste, sondern betrachtete mit Tränen in den Augen das goldne und silberne Geschirr und die Diener des Königs. Darauf sprach einer von den Gästen zum König: »Wenn ich nicht irre, beneidet dieser junge Mann da dein Glück.« Der König aber entgegnete: »Dein Verdacht ist unbegründet; er beneidet nicht mein Glück, wohl aber trauert er darüber, daß er so viel verloren hat.« Hierauf schaute der König dem Apollonius ins Gesicht und sprach zu ihm mit freundlicher Miene: »Jüngling, iß doch mit uns und hoffe daß Gott dir ein besseres Schicksal verleihen wird!« Während er ihm aber also noch zuredete, da trat plötzlich die Tochter des Königs, eine erwachsene Jungfrau, herein und küßte ihren Vater und alle seine an der Tafel befindlichen Freunde. Wie sie aber einen jeden geküßt hatte, kehrte sie zu ihrem Vater zurück und sprach: »Guter Vater, wer ist der junge Mann, der den Ehrenplatz dir gegenüber innehat und so betrübt ist?« Der König aber sprach: »O mein süßes Töchterlein, dieser Jüngling hat Schiffbruch gelitten und mir in der Ringschule viel Liebesdienste erzeigt, darum habe ich ihn zu Tische geladen; wer er aber ist, weiß ich nicht; so du es aber wissen willst, so frage ihn, denn es ist recht, daß du alles erfährst, und vielleicht wirst du Mitleid mit ihm empfinden, wenn du ihn kennen gelernt hast.« Als das das Mädchen hörte, trat sie zu ihm und sprach: »Mein Lieber, dein edles Aussehn zeugt von deiner adligen Abstammung; wenn es dir nicht unangenehm ist, so verkünde mir deinen Namen und deine Begebenheiten.« Jener aber erwiderte: »Wenn du meinen Namen wissen willst, den habe ich auf dem Meere verloren, wenn meinen Adel, den habe ich in Tyrus gelassen.« Das Mädchen aber sprach: »Rede deutlicher, damit ich dich verstehen kann!« Darauf erzählte ihr Apollonius alle seine Unglücksfälle und nannte ihr seinen Namen. Als er aber seine Rede geendigt hatte, fing er an Tränen zu vergießen, und der König sprach, als er ihn weinen sah, zu seiner Tochter: »Mein süßes Kind, du hast unrecht getan, daß du Namen und Schicksale dieses jungen Mannes zu wissen verlangtest, denn du hast seinen alten Schmerz von neuem hervorgerufen. Meine süße Tochter, da du jetzt die Wahrheit weißt, so ist es billig, daß du ihm deine königliche

Milde zuteil werden läßt.« Als aber das Mägdlein den Willen ihres königlichen Vaters vernommen hatte, blickte sie den Jüngling an und sprach: »Apollonius, du bist jetzt der Unsre, lege deine Trauer ab, denn mein Vater wird dich wieder reich machen.« Apollonius aber dankte ihr mit Seufzen und Ehrerbietung. Danach sprach der König zu seiner Tochter: »Hole deine Leier, auf daß du mit deinem Gesange unsre Gäste erheiterst.« Hierauf ließ sich die Prinzessin ihre Leier bringen und begann dieselbe lieblich zu spielen. Alle aber fingen an, sie zu preisen und zu sagen: »Man kann nichts Schöneres noch Süßeres hören.« Allein aber von ihnen schwieg Apollonius, und der König sprach zu ihm: »Apollonius, du tust nicht recht; alle loben meine Tochter bei ihrem Spiele, warum findest du allein keinen Gefallen an ihr?« Jener aber sprach: »Guter König, wenn du mir es gestattest, will ich dir sagen, was ich denke: deine Tochter hat zwar die Musik angefangen, allein sie noch nicht vollkommen inne. Befiehl also, daß man mir die Leier übergibt, und du sollst sogleich erfahren, was du bisher noch nicht wußtest!« Der König aber versetzte: »Apolloni, ich sehe, daß du in allen Dingen wohlunterrichtet bist.« Hierauf ließ er ihm die Leier geben und schmückte ihm, als er hinausgegangen war, das Haupt mit einem Kranze. Jener aber nahm die Leier, trat wieder in den Speisesaal und spielte so lieblich vor dem König, daß ihn alle nicht mehr für Apollonius, sondern für Apollo selbst hielten. Die Gäste aber sprachen zum König, sie hätten nie etwas Besseres gehört oder gesehen. Wie aber die Königstochter solches vernahm, schaute sie den Jüngling an und war von Liebe zu ihm ergriffen; sie sprach also zu ihrem Vater: »O Vater, erlaube, daß ich dem Jüngling geben darf, was mir beliebt.« Der König aber sprach: »Ich gestatte es.« Hierauf wandte sie ihren Blick auf Apollonius und sprach zu ihm: »Meister Apollonius, empfange von der Gütigkeit meines Vaters zweihundert Goldtalente, vierhundert Pfund Silber, reichliche Gewänder, zwanzig Sklaven und zehn Dienerinnen«; zu diesen aber sprach sie: »Holt, was ich ihm eben versprochen habe«, und in Gegenwart der Freunde des Königs und bei geöffneten Türen des Speisesaals wurde alles auf Befehl der Prinzessin hereingebracht. Hierauf standen aber alle auf und begaben sich, nachdem sie sich beim König beurlaubt hatten, hinweg. Apollonius aber sprach: »Guter König, du Erbarmer der Unglücklichen, und du Prinzessin, du Freundin der Wissenschaften und Gönnerin der Weltweisheit, lebt wohl!« Hierauf wandte er sein Gesicht zu den Dienern, welche ihm die Prinzessin verehrt hatte, und sprach: »Nehmt, ihr Diener, was mir geschenkt worden ist, und laßt uns gehen und eine Herberge suchen.« Das Mädchen aber fürchtete, sie möchte ihren Geliebten verlieren, und ward sehr traurig, blickte ihren Vater an und sprach: »Guter König und liebster Vater, willst du es haben, daß Apollonius, der erst heute durch uns wohlhabend geworden ist, dahin gehe und ihm böse Menschen wieder abnehmen, was wir ihm geschenkt haben?« Darauf befahl der König eilig, es solle jenem ein Zimmer angewiesen werden, wo er ruhig und seinem Stande gemäß schlafen könne. Das Mägdlein aber, welches von Liebe entbrannt war, hatte eine unruhige Nacht und begab sich daher frühmorgens in das Schlafgemach ihres Vaters. Als sie derselbe aber gewahr wurde, sprach er zu ihr: »Was heißt das, daß du wider deine Gewohnheit so frühzeitig erwacht bist?« Das Mägdlein aber entgegnete: »Ich konnte keine Ruhe finden, weshalb ich dich, liebster Vater, ersuche, daß du mich dem jungen Manne zu unterrichten gibst, auf daß ich die Musik und andre Dinge erlernen kann.« Wie das der König hörte, freute er sich, ließ den Jüngling zu sich rufen und sprach zu ihm: »Apolloni, meine Tochter wünscht sehr deine Kunst zu erlernen, ich bitte dich also, daß du ihr alles zeigst, was du selbst weißt; ich will dir dafür einen deiner würdigen Lohn zahlen.« Jener aber sprach: »Herr, ich bin bereit, Eurem Willen Genüge zu leisten.« Er unterrichtete also das Mägdlein in allem, was er selbst gelernt hatte. Allein die Prinzessin ward nach diesem aus allzu großer Liebe zu dem Jüngling krank, und da der König sah, daß seine Tochter ein Unwohlsein angefochten habe, ließ er seine Ärzte kommen. Diese aber befühlten die Adern und einzelnen Teile des Körpers derselben, konnten aber nirgends eine Krankheit entdecken. Nach wenigen Tagen aber begrüßten drei sehr edle junge Männer, die seit langer Zeit die Prinzessin schon zur Ehe begehrt hatten, den König wie mit einem Munde, und der König blickte sie an und sprach: »Was wollt ihr denn?« Sie aber entgegneten: »Deswegen, weil du uns öfters versprochen hast, einem von uns deine Tochter zur Gemahlin zu geben, darum sind wir heute zusammen hierhergekommen. Wir sind deine Untertanen, reich und von edlen Eltern erzeugt; wähle also einen von uns dreien, welchen du zum Schwiegersohn haben willst!« Der König aber erwiderte: »Ihr habt mich zu einer unpassenden Zeit gestört; meine Tochter liegt jetzt den Wissenschaften ob, ist aber aus lauter Liebe zum Studieren unpaß geworden; damit ich jedoch nicht scheine euch hinhalten zu wollen, so schreibt mir auf eure Schreibtafeln eure Namen und die Größe eures Erbteils, die will ich dann meiner Tochter einhändigen, und sie mag dann selbst den wählen, welchen sie haben will.« Jene aber taten also; der König aber nahm, was sie geschrieben hatten, las es, drückte sein Siegel darauf und übergab es mit folgenden Worten dem Apollonius: »Meister, nimm diese Papiere und händige sie deiner Schülerin ein.« Apollonius aber nahm sie und brachte sie dem Mägdlein. Als aber die Prinzessin den erblickte, welchen sie liebte, sprach sie: »Meister, was gibt es, daß du allein in mein Gemach trittst?« Apollonius aber erwiderte: »Nimm diese Schreibtafeln, welche dir dein Vater sendet, und lies!« Das Mägdlein öffnete aber die Schreibtafeln, las die drei Namen ihrer Freier, warf sie auf die Erde, blickte ihren Apollonius an und sprach zu ihm: »Meister Apollonius, tut es dir nicht leid, daß ich einem andern zur Ehe gegeben werden soll?« Jener aber entgegnete: »Nein, denn alles, was dir geschieht, wird auch für mich Ehre und Gewinn sein.« Das Mägdlein aber sprach: »Meister, wenn du mich liebtest, würde es dir weh tun.« Hierauf schrieb sie eine Antwort darunter, versiegelte die Schreibtafel wieder und übergab sie dem Apollonius, daß er sie dem König überbrächte. Sie hatte aber so geschrieben: »Mein König und teuerster Vater, da mir deine Huld gestattet hat, dir zu antworten, so schreibe ich dir jetzt wieder: ich wünsche jenen Schiffbrüchigen zu meinem Ehegemahl zu haben.« Als aber der König gelesen hatte und die Meinung seiner Tochter nicht verstand, was für einen Schiffbrüchigen sie meinte, wandte er sich zu den Jünglingen und sprach zu ihnen: »Wer von euch hat Schiffbruch gelitten?« Einer aber von ihnen, namens Ardonius, sprach: »Ich.« Ein andrer aber sagte: »Daß dich die Pest treffe und du nie wieder gesund und wohl werdest! da ich dich als meinen Gespielen von klein auf kenne und du niemals aus dem Tore dieser Stadt gegangen bist, daß du hättest Schiffbruch erleiden können.« Als nun der König nicht hatte finden können, wer von ihnen Schiffbruch gelitten hatte, schaute er den Apollonius an und sprach: »Nimm diese Brieftafel und lies; denn es wäre wohl möglich, daß du das, was ich nicht verstehe, weißt, da du dabei warest, als sie schrieb.« Apollonius aber nahm das Schreiben, durchlief es schnell und errötete, als er merkte, daß er geliebt sei. Hierauf sprach der König zu ihm: Apolloni, hast du den Schiffbrüchigen herausgefunden?« Jener sagte aber nur wenige Worte, weil er sich schämte. Wie der König merkte, daß seine Tochter diesen haben wollte, sprach er zu den andern: »Sobald ich Zeit habe, werde ich zu euch kommen.« Diese aber nahmen Abschied von ihm und gingen ihres Weges. Der König begab sich nun allein zu seiner Tochter hinein und sprach: »Was für einen Gemahl hast du dir auserlesen?« Sie aber warf sich ihm mit Tränen zu Füßen und sprach: »Teuerster Vater, ich will den schiffbrüchigen Apollonius haben.« Wie aber der König seine Tochter in Tränen sah, hob er sie auf von der Erde und sprach also zu ihr: »Süßes Töchterlein, denke an nichts andres, denn du hast dir den erkoren, für welchen auch ich gewesen bin, sobald ich ihn nur erblickt hatte. Weil ich nun aber dein lieber Vater bin, so will ich deinen Hochzeitstag ohne Verzug festsetzen.« Am folgenden Tag wurden nun die Freunde des Königs aus den benachbarten Städten herbeigerufen, und der König sprach zu ihnen: »Ihr Lieben, meine Tochter will ihren Lehrer Apollonius heiraten, ich bitte euch also, daß ihr euch des alle freuen möget, weil sich meine Tochter einem so klugen Manne vermählt.« Als er so gesprochen hatte, bestimmte er einen Tag zu ihrer Vermählung; sie aber wurde schnell schwanger, und als sie ein Kind unter ihrem Herzen trug, begab es sich, daß sie mit ihrem Manne, dem König Apollonius, am Ufer des Meeres spazierenging und ein kostbares Schiff erblickte. Apollonius aber erkannte, daß es aus seinem Vaterlande sei, wandte sich also zu dem Schiffsherrn und sprach: »Wo kommst du her?« Jener aber erwiderte: »Von Tyrus.« Apollonius aber entgegnete: »Das ist der Name meiner Vaterstadt.« Der andere erwiderte: »Also bist du ein Tyrier?« Und jener sprach: »Es ist so, wie du sagst.« Darauf sagte der Schiffsherr: »Kennst du vielleicht einen Fürsten aus dieser deiner Vaterstadt, der Apollonius heißt? Ich bitte dich, daß, wo du ihn auch erblicken magst, du ihm sagest, er möge sich freuen und guten Mutes sein, weil der König Antiochus samt seiner Tochter vom Blitz getroffen worden ist und die Schätze seines Reiches zu Antiochia für den Apollonius aufbewahrt werden.« Wie das Apollonius hörte, sprach er voll Freude zu seiner Gemahlin: »Ich bitte dich, laß mich von hier ziehen, um mein Reich in Besitz zu nehmen.« Jene aber sprach, indem sie Tränen vergoß: »O Herr, wenn du auf einer weiten Reise wärest, müßtest du zu meiner

Niederkunft herbeieilen, und jetzt willst du dich entfernen, da du doch bei mir bist? So du es aber willst, wollen wir zusammen dorthin schiffen.« Hierauf ging sie zu ihrem Vater und sprach: »O geliebter Vater, freue dich mit uns, weil der alte König Antiochus samt seiner Tochter durch das Gericht Gottes vom Blitze erschlagen worden ist, seine Schätze aber und seine Krone für uns aufbewahrt werden; erlaube also, daß ich mit meinem Mann dorthin fahren darf.« Der König aber freute sich sehr, ließ Schiffe ans Gestade ziehn und

mit allen möglichen Gütern beladen, befahl auch, daß eine Amme, namens Ligozis, und eine Wehmutter, der Entbindung seiner Tochter wegen, die Reise mitmachen sollten, gab ihnen die Erlaubnis abzureisen, begleitete sie bis ans Ufer und gab seiner Tochter und seinem Schwiegersohn viele Küsse mit auf den Weg. Als sie aber einige Tage auf dem Meere gewesen waren, da erhob sich ein gewaltiges Ungewitter, und die Prinzessin ward durch die Geburt einer Tochter so schwach, daß sie tot zu sein schien. Wie das ihre Dienerinnen bemerkten, erhoben sie ein lautes Geschrei und Geheul; Apollonius eilte herbei, und als er seine Gemahlin wie tot daliegen sah, da riß er seine Kleider von seinem Leibe, warf sich unter Tränenströmen über ihren Körper hin und sprach: »Teures Weib, Tochter des Altistrates, was soll ich deinem Vater über dich antworten?« Kaum hatte er also gesprochen, so sagte der Steuermann zu ihm: »Kein Schiff kann einen Leichnam ertragen, befiehl also, den Körper ins Meer zu werfen, auf daß wir dem Tode entrinnen können.« Apollonius aber sprach zu ihm: »Was sagst du, Schändlicher? Du willst also, daß ich diesen Körper ins Meer werfe, der mich, als ich schiffbrüchig und arm war, aufgenommen hat?« Er berief also seine Diener zu sich und sprach: »Macht einen Sarg mit Öffnungen und verklebt sie mit Erdharz; hinein aber legt eine bleierne Tafel und befestigt sie darin.« Als nun das Behältnis fertig war, legten sie die Prinzessin mit köstlichem Schmuck geziert in den Sarg und eine Menge Gold unter ihren Kopf; hierauf gab er unter vielen Tränen dem Leichnam einen Kuß, befahl das Kind aufzuziehen und sorgsam zu ernähren, um dem König statt seiner Tochter eine Enkelin zeigen zu können, und gebot unter vielem Weinen, den Sarg ins Meer zu senken. Am dritten Tage warf aber die Meeresflut den Kasten an das Gestade von Ephesus nicht weit vom Hause eines Arztes namens Cerimon, der mit seinen Schülern an selbigem Tage am Meeresufer spazierenging. Als der nun den Kasten, welchen die Wellen ans Land geworfen hatten, vor sich liegen sah, sprach er zu seinen Dienern: »Hebt diesen Kasten auf und tragt ihn, aber mit möglichster Behutsamkeit, nach meinem Landgute.« Als sie das getan hatten, öffnete ihn der Arzt und erblickte darin ein mit königlichem Schmuck geziertes und sehr schönes Frauenzimmer. Alle aber, die ihre Schönheit erblickten, wunderten sich sehr; denn es war in ihr eine wahrhaft strahlende Schönheit, so daß die Natur an ihr weiter nichts Fehlerhaftes hervorgebracht hatte, als daß sie dieselbe nicht hatte unsterblich werden lassen. Denn ihre Haare waren glänzend wie Schnee, unter ihnen aber thronte die milchweiße Fläche der Stirne, auf der sich auch nicht eine einzige häßliche Runzel zeigte. Ihre Augen aber waren wie zwei kreisende Sterne, an Geschwindigkeit, nicht aber an Entgegenkommen denselben ähnlich, denn sie waren durch einen bescheidenen Blick gefesselt und versprachen die Beständigkeit eines treuen Gemüts. Auch ihre Augenlider hatte die Natur auf eine reizende Weise mit ihren Augenwimpern in Einklang gebracht; auch ihre Nase bildete eine vollkommen gerade Linie, indem sie auf angenehme Weise die beiden Teile des Gesichts durchschnitt, sie erhob sich aber weder durch allzu große Länge nach vorn zu, noch war sie durch allzu große Kürze abgeschnitten, sondern zeigte sich in einem schicklichen Ebenmaße. Ihr Hals, glänzender als die Strahlen der Sonne und mit Halsgeschmeiden geziert, versetzte aller Augen in wunderbares Entzücken. Ihr übriger Körper war aber weder zu klein, noch durch eine allzu große Fülle strotzend, so daß durchaus niemand an ihr etwas auszusetzen hatte. Aus ihrer Brust traten aber zwei reizende Arme wie Äste aus dem Stamme eines Baumes hervor; ihre Finger hatten eine verhältnismäßige Größe, indem der Glanz derselben sogar nicht an dem Ebenmaße der Nägel übersehen war. Als nun der Arzt sie wie tot vor sich liegen sah, erstaunte er und sprach: »O liebes Mädchen, warum bist du so verlassen?« Er sah aber, daß unter ihrem Haupte eine Summe Goldes lag, und auf dem Golde eine beschriebene Tafel, und sprach: »Wir wollen doch sehen, was diese Schreibtafel enthält!« Als er sie geöffnet hatte, fand er folgendes darauf geschrieben: »Wer diesen Sarg findet, den bitte ich, daß er zehn

Goldstücke für sich behält, fünf aber auf das Begräbnis dieses Leichnams verwendet; denn dieser Leichnam hat seinen Angehörigen viele Tränen und bittere Schmerzen hinterlassen; so aber jemand anders tut, als der Schmerz von ihm fordert, der möge des Todes sein und niemanden finden, der seinen Leib dem Grabe übergebe.« Als nun jener dieses Schreiben durchgelesen hatte, sprach er zu seinen Dienern: »Laßt uns dem Körper gewähren, was der Schmerz von uns fordert.« Alsbald ließ er einen Scheiterhaufen erbauen; allein während man noch damit beschäftigt war, denselben aufzurichten, um den Körper daraufzulegen, kam ein junger Schüler des Arztes dazu, der jedoch, was sein Genie anging, ein Greis zu sein schien. Als dieser den schönen Leichnam auf dem Scheiterhaufen liegen sah, erblickte ihn auch sein Meister und sprach zu ihm: »Du kommst zur guten Stunde, denn eben wartete ich auf dich: nimm diese Flasche mit Salbe und gieße sie, was das Letzte bei dem Begräbnis ist, über den Leichnam. Also trat der Jüngling zu dem Leichnam und zog dessen Gewänder weg und goß mit seiner Hand die Salbe über den ganzen Körper, fühlte aber dabei Leben am Herzen desselben. Der Jüngling erstaunte, fühlte den Puls und entdeckte Lebenszeichen; prüfte hierauf die Nasenlöcher und legte seine Lippen auf den Mund des Leichnams und entdeckte Leben, welches noch mit dem Tode rang; hierauf sprach er also zu den Dienern: »Steckt langsam Fackeln an diese vier Enden, nehmt euch aber in acht!« Als hierauf das Blut, welches erstarrt war, flüssig ward, und dieses der Jüngling gewahr wurde, sprach er zu seinem Meister: »Das Frauenzimmer, welches du für tot hältst, lebt, und ich will, damit du mir Glauben beimißt, dir solches durch einen Versuch beweisen.« Als er so gesprochen hatte, hob er die Prinzessin auf, trug sie in sein Schlafzimmer und legte ihr heißes Öl auf die Brust; hierauf feuchtete er Wolle an und legte sie auf ihren Körper, so daß das Blut, welches innerlich erstarrt war, durch die Wärme wieder zum Fließen kam und der Atem anfing, durch ihr Mark zu ziehen; hierauf öffnete er ihr die Adern. Sie schlug die Augen auf, holte Atem und sprach, indem sie wieder zu sich kam: »Wer bist du? Berühre mich nicht anders, als es sich geziemt, denn ich bin die Tochter eines Königs und die Gemahlin eines Königs.« Als das der Jüngling hörte, ward er voller Freude, begab sich in das Zimmer seines Meisters und sprach zu ihm: »Siehe, Meister, das Frauenzimmer lebt!« Der aber sprach: »Ich bin mit deiner Erfahrung zufrieden, lobe deine Kunst, bewundere deine Klugheit. Höre von jetzt an sorgfältig auf meinen Rat: Sei nie undankbar gegen deine Kunst! Empfange hier deinen Lohn, denn dieses Frauenzimmer hat eine große Summe Geldes bei sich gehabt.« Hierauf befahl er, sie mit frischen Kleidern, gesunden Speisen und den besten Stärkungsmitteln zu laben, und nach wenigen Tagen, als er erfahren hatte, daß sie aus königlichem Blute entsprossen sei, rief er seine Freunde zu sich und nahm sie an Kindes Statt an. Sie aber bat ihn flehentlich, daß sie von niemandem berührt werden möchte und unter den Priesterinnen der Diana dienen dürfe, worauf er sie mit Frauen dahin sandte, auf daß sie daselbst unverletzt bewahrt würde. Indessen segelte Apollonius mit großer Trauer dahin und landete durch die Fügung Gottes zu Tharsus; hier stieg er aus und begab sich in das Haus des Stranguilio und der Dyonisiades und erzählte ihnen, nachdem er sie begrüßt hatte, alle seine Unglücksfälle, indem er also sprach: »Zu meinem großen Kummer ist mir meine Frau gestorben, meine Tochter aber erhalten worden, worüber ich mich sehr freue. Darum, so ich mich auf euch verlassen kann, will ich mein verlorengegangenes Reich, welches mir aufgehoben worden, nicht annehmen, aber auch nicht zu meinem

Schwiegervater zurückkehren, dessen Tochter ich auf dem Meere verloren habe, sondern ich will lieber Handelsgeschäfte treiben; euch aber vertraue ich mein Kind an, daß sie mit eurer Tochter Philomacia erzogen werde und meine Tochter den Namen Tharsia erhält. Außerdem wünsche ich, daß Ligozis, die Amme meiner Frau, auch die Sorge für dein Mädchen noch übernimmt.« Mit diesen Worten übergab er dem Stranguilio das Kind, händigte ihm Gold und Silber und eine große Menge Kleider ein und schwur, er wolle nicht eher sein Haar, seinen Bart und seine Nägel verschneiden, bis er seine Tochter verheiratet habe. Jene aber erstaunten gar sehr, schwuren ihm aber einen schweren Eid, daß sie seine Tochter mit allem Fleiße erziehen wollten. Apollonius bestieg nun ein Schiff und fuhr in ferne Länder. Indessen ward die Jungfrau Tharsia, als sie fünf Jahre alt geworden war, in die Schule geschickt; als sie nun aber das vierzehnte Jahr erreicht hatte und einstmals aus dem Hörsaale nach Hause kam, fand sie ihre Amme Ligozis von plötzlichem Unwohlsein ergriffen, setzte sich neben sie und fragte sie um die Ursache ihrer Krankheit. Die Amme aber sprach zu ihr: »Gutes Kind, höre auf meine Worte und bewahre sie in deinem Herzen! Wen hältst du für deinen Vater, oder deine Mutter, oder deine Vaterstadt?« Das Mädchen aber entgegnete: »Meine Vaterstadt ist Tharsus, mein Vater Stranguilio und meine Mutter Dyonisiades.« Da seufzte ihre Amme und sprach: »Höre, meine Tochter, die Geschichte deiner Geburt, damit du weißt, was du nach meinem Tode tun mußt. Dein Vater heißt Apollonius, deine Mutter aber war Lucina, eine Königstochter. Als sie dich gebar, gab sie ihren Geist auf und starb; dein Vater Apollonius aber ließ einen Sarg machen und sie mit ihrem königlichen Schmucke ins Meer versenken, und legte ihr zwanzig Goldstücke unter das Haupt, damit, wohin sie auch von den Wellen getrieben würde, ihr diese nützen könnten. Das Schiff gelangte nun, trotz dem Widerstande der Winde, mit deinem trauernden Vater und dir, die du noch in der Wiege lagst, an diese Stadt, und der Tyrier Apollonius vertraute dich und mich diesem seinem Gastfreunde, dem Stranguilio und der Dyonisiades, an und tat ein Gelübde, er wolle nicht eher seinen Bart, seine Haare und Nägel schneiden, als bis er dich verheiratet habe. Jetzt rate ich dir aber, so nach meinem Tode deine Gastfreunde, welche du deine Eltern nennst, dir irgendein Unrecht zufügen, so begib dich auf den Markt, wo du ein Standbild deines Vaters antreffen wirst, dieses fasse mit deiner Hand an und rufe laut: ›Ich bin die Tochter des Mannes, den dieses Standbild vorstellt!‹ Die Bürger aber werden sich der Wohltaten deines Vaters erinnern und die dir angetane Beleidigung rächen.« Tharsia aber sprach zu ihr: »Teure Amme, ich rufe die Götter zu Zeugen an, daß, hättest du mir dieses nicht gesagt, ich gar nicht wissen würde, woher ich wäre.« Während sie aber noch also miteinander sprachen, gab die Amme ihren Geist auf. Tharsia aber beerdigte den Leichnam ihrer Amme und betrauerte ein ganzes Jahr lang ihren Tod; nach diesem aber legte sie ihre frühere vornehme Kleidung wieder an und ging, um sich weiter in den schönen Wissenschaften auszubilden, in die Schule; wenn sie aber aus derselben herauskam, nahm sie nicht eher Speise zu sich, als bis sie das Grab ihrer Amme besucht hatte; dieses betrat sie aber immer, ein Gefäß mit Wein in der Hand, blieb dort eine Weile und rief ihre Eltern an. Während sie aber dieses tat, ging einst Dyonisiades mit ihr und ihrer Tochter Philomacia über den Markt. Alle aber, welche die Zierlichkeit und Schönheit der Tharsia sahen, sprachen: »Glücklich ist der Vater, dessen Tochter Tharsia ist; die aber, welche an ihrem Arme hängt, ist häßlich und ein wahrer Abschaum.«

Als aber Dyonisiades das hörte, wie Tharsia gelobt und ihre Tochter getadelt wurde, geriet sie in Wut, setzte sich allein für sich hin und dachte bei sich: ›Seitdem ihr Vater von hier weggereist ist, sind einige Jahre ins Land gegangen: er wird nicht wiederkommen, seine Tochter zu holen, hat auch keine Briefe nach ihr geschrieben; ich glaube, er ist tot; ihre Amme ist auch gestorben, ich habe jetzt keine Gegenwehr zu scheuen und werde meine Tochter mit ihren Kostbarkeiten schmücken.‹ Als sie noch so bei sich dachte, da kam ein Mann von ihrem Landgute, namens Theophilus, den rief sie zu sich und sprach zu ihm: »Wenn du eine Belohnung zu haben wünschest, so töte mir die Tharsia.« Der Meier aber sprach: »Was hat denn die unschuldige Jungfrau begangen?« Jene aber erwiderte: »Sie ist eine schlechte Person, also darfst du mir diesen Dienst nicht verweigern; tue, wie ich dich heiße, und wenn du nicht also tust, soll es dir übel bekommen.« Jener aber sprach: »Herrin, wie kann das geschehen?« Sie aber antwortete: »Es ist ihre Gewohnheit, sobald sie aus der Schule kommt, nicht eher Speise zu sich zu nehmen, als bis sie in das Grabmal ihrer Amme getreten ist; wenn sie dich dort mit einem Dolche gerüstet findet, so fasse sie bei den Haaren ihres Scheitels, morde sie und wirf ihren Körper ins Meer, dafür sollst du deine Freiheit nebst einer großen Belohnung empfangen.« Der Meier nahm also einen Dolch, begab sich unter Seufzern und Tränen nach dem Grabmale und sprach: »Weh mir, ich verdiene mir die Freiheit dadurch, daß ich das Blut jener unschuldigen Jungfrau vergieße.« Als nun das Mägdlein aus der Schule kam, trat sie nach ihrer Gewohnheit mit einer Flasche Wein versehen in das Grabmal, der Meier aber stürzte auf sie los, faßte sie bei den Haaren und warf die Jungfrau auf den Boden: wie er aber im Begriff war, sie zu durchbohren, sprach Tharsia zu ihm: »O Theophile, was habe ich dir oder irgend jemandem getan, daß ich jetzt sterben soll?« Der Meier aber sprach: »Du hast nichts verbrochen, aber dein Vater, der dich mit vielem Golde und königlichem Schmucke hier zurückgelassen hat.« Darauf sprach das Mädchen zu ihm: »Herr, ich bitte dich, daß, wenn keine Hoffnung mehr für mich da ist, du mir gestattest, meinen Gott anzurufen.« Der Meier aber entgegnete: »Bete, denn Gott weiß es, daß ich dich nur gezwungen töte.« Wie sich aber jene zum Gebet niedergeworfen hatte, kamen Seeräuber herbei und schrien, als sie jene in Todesgefahr erblickten und sahen, wie ein bewaffneter Mann im Begriff sei, sie zu durchbohren: »Schone sie, grausamer Barbar, sie ist unsre Beute, der Sieg ist nicht mehr dein!« Als aber jener solches hörte, flüchtete er sich hinter das Grabmal und versteckte sich am Gestade; die Seeräuber aber schleppten die Jungfrau fort und begaben sich mit ihr wieder aufs Meer. Hierauf kehrte der Meier wieder zu seiner Herrin zurück und sprach zu ihr: »Es ist geschehn, wie du befohlen hast; ich rate dir, lege jetzt, wie ich, Trauerkleider an, und wir wollen vor den Augen unsrer Mitbürger einige erheuchelte Tränen vergießen und sagen, sie sei an einem schweren Gebreste gestorben.« Wie das Stranguilio hörte, da ergriff ihn Furcht und Schrecken, und er sprach: »Gib mir also ein Trauerkleid, auf daß ich um sie trauern kann, weil ich in ein solches Verbrechen verwickelt worden bin. Weh, was soll ich tun? Der Vater jenes Mädchens hat diese Stadt aus Todesgefahr gerettet, um dieser Stadt willen hat er Schiffbruch erlitten, seine Güter verloren und Mangel erduldet, und jetzt ist ihm Gutes mit Bösem vergolten worden! Ein grimmiger Löwe hat seine Tochter, welche er mir, um sie zu erziehen, gesandt hatte, verschlungen; weh mir, ich bin verblendet gewesen, jetzt muß ich die Unschuldige betrauern; durch eine schändliche giftige Schlange habe ich mich überwältigen lassen.« Dabei hob er seine Augen gen Himmel auf und sprach: »Gott, du weißt es, daß ich rein bin von Tharsias Blut, fordere es von der Dyonisiades zurück!« Dabei schaute er seine Frau an und sprach: »Auf welche Weise hast du die Königstochter ums Leben gebracht, du Feindin Gottes und Schandfleck der Menschheit?« Sie aber kleidete sich und ihre Tochter in Trauerkleider und vergossen Tränen und sprachen zu ihren Mitbürgern: »Ihr lieben Mitbürger, wir schrein zu euch, denn die Hoffnung unsrer Augen, Tharsia, die ihr gesehen habt, ist plötzlich unter Schmerzen gestorben und hat uns nur Jammer und bittre Tränen hinterlassen; wir aber haben sie auf eine ihrer würdige Weise bestatten lassen.« Hierauf begaben sich die Bürger dahin, wo für die Verdienste ihres Vaters dessen Körper aus Erz dargestellt war, und wo die Bürger der Jungfrau Tharsia für die Wohltaten ihres Vaters ein ehernes Grabmal errichten ließen. Die nun, welche das Mädchen geraubt hatten, langten bei der Stadt Machilenta an, und das Mägdlein ward unter den übrigen Sklaven zum Verkauf dargestellt. Als aber ein gottloser und unseliger Kuppler von ihr gehört hatte, fing er an sich vorzunehmen, dieselbe zu kaufen. Indessen erblickte sie auch Athanagoras, ein Fürst aus derselben Stadt; und da er ihre Schönheit, Adel und Klugheit gewahr wurde, bot er zehn Goldstücke für sie. Der Kuppler aber sprach: »Ich will zwanzig geben.« Da entgegnete Athanagoras: »Ich gebe dreißig«, und der Kuppler sagte: »Ich vierzig,« Athanagoras aber: »Ich fünfzig«, worauf der Kuppler sagte: »Ich achtzig«, und Athanagoras erwiderte: »Ich neunzig«, und der Kuppler sprach: »Ich will auf der Stelle hundert Goldstücke geben«, und fügte noch hinzu: »So jemand mehr bietet, so will ich noch zehn Goldstücke zulegen.« Da sprach Athanagoras: »Wenn ich mit dem Kuppler hier wetteifern wollte, so müßte ich mehrere Sklavinnen verkaufen, um für diese eine zu erhalten; ich will sie ihn also kaufen lassen, und wenn er sie in sein Haus bringen wird, da will ich zuerst zu ihr gehen und ihre Jungfrauschaft rauben, das wird dann gerade so gut sein, als wenn ich sie selbst gekauft hätte.« Kurz, sie mußte sich mit dem Kuppler in dessen Sprechzimmer begeben, wo ein goldener und mit Edelsteinen verzierter Priapus aufgestellt war; und hier sprach er zu ihr: »Mägdlein, an diesen da richte dein Gebet.« Sie aber versetzte: »Nimmermehr will ich mein Knie vor einer solchen Gottheit beugen!« und fügte hinzu: »Herr, bist du vielleicht aus Lampsacus?« Der Kuppler aber antwortete: »Weshalb?« Und jene sprach: »Weil die Lampsazener den Priapus anbeten.« Da sagte der Kuppler: »Unglückliche, weißt du nicht, daß du das Haus eines habsüchtigen Wucherers betreten hast?« Da warf sich das Mädchen ihm zu Füßen und sprach: »O Herr, erbarme dich meiner Jungfräulichkeit und schände nicht meinen Leib unter einem so schmählichen Namen.« Worauf der Kuppler also zu ihr redete: »Du weißt nicht, daß bei einem Kuppler und Henker weder Bitten noch Tränen irgend etwas ausrichten?« Hierauf rief er den Aufseher seiner Mädchen herein und sprach zu ihm: »Laß dieses Mägdlein mit kostbaren, ihrem Alter angemessenen Gewändern bekleiden und folgende Ankündigung schreiben: ›Wer die Tharsia zuerst besitzen will, der soll ein halbes Pfund Gold bezahlen; nachher soll sie einem jeden für einen Goldgulden zu Diensten stehen.« Als nun der Aufseher getan hatte, wie ihm befohlen war, ward sie von dem Kuppler, indem der übrige Haufen seiner Mädchen voranging, drei Tage nachher mit Musik in sein Haus geführt. Der Fürst Athanagoras begab sich indessen mit verhülltem Haupt zuerst in ihr Gemach; allein Tharsia warf sich, als sie ihn erblickte, zu seinen Füßen hin und sprach: »Herr, erbarme dich meiner um Gottes willen! ich beschwöre dich im Namen Gottes, beschimpfe mich nicht, bekämpfe deine Lust und vernimm den Bericht über meine Herkunft und meine unglücklichen Schicksale, und bedenke, von wem ich abstamme.« Als sie ihm nun alle ihre Begebenheiten erzählt hatte, da sprach der Fürst bestürzt und von Mitleid gerührt zu ihr: »Auch ich habe eine Tochter, welche dir ähnlich sieht, und fürchte für sie ein gleiches Schicksal.« Mit diesen Worten gab er ihr zwanzig Goldstücke und sprach: »Hier hast du mehr, als der Preis für deine Jungfrauschaft beträgt, sage allen, welche hierherkommen, dasselbe, was du mir gesagt hast, und du wirst erlöst werden.« Da vergoß das Mädchen Tränen und sagte: »Ich danke dir für deine Gottesfurcht, erzähle aber niemandem, was du von mir erfahren hast.« Athanagoras aber erwiderte: »Nur meiner Tochter will ich es erzählen, damit sie nicht, wenn sie ein gleiches Alter erreicht haben wird, ein ähnliches Schicksal erfahre«, und entfernte sich, Tränen in seinen Augen. Als er aber das Haus verließ, begegnete ihm ein andrer und sprach: »Wie hat dir das Mägdlein gefallen?« Der Fürst aber entgegnete: »So gut als möglich, sie war aber sehr traurig.« Hierauf begab sich der Jüngling in ihr Gemach; und das Mägdlein verschloß nach Gewohnheit die Türe, worauf der Jüngling zu ihr sprach: »Wieviel hat dir der Fürst gegeben?« Das Mädchen erwiderte: »Vierzig Goldstücke«, worauf jener sagte: »Hier ist ein ganzes Pfund Gold.« Als das der Fürst von außen hörte, sagte er: »Je mehr du gibst, desto mehr wird sie weinen.« Das Mägdlein nahm also die Goldstücke, warf sich jenem zu Füßen und verkündete ihm ihr Unglück; und der Jüngling, Aporiatus genannt, sprach zu ihr: »Steht auf, Dame, wir sind Menschen, und alle solchen Schicksalen unterworfen.« Als er so gesprochen hatte, ging er hinweg; und da er den Athanagoras lachen sah, sprach er zu ihm: »Ei, du bist ein so großer Mann, und hast doch jetzt niemanden als mich, dem du etwas vorweinen kannst.« Hierauf schwuren sie, sie wollten ihre Worte keiner Seele verraten, und schickten sich an, die Ankunft andrer abzuwarten. Es kamen aber viele, zahlten ihr Geld und verließen sie weinend. Nach diesem aber überreichte sie dem Kuppler das Geld und sprach: »Hier ist der Preis meiner Jungfrauschaft.« Der Kuppler aber sprach: »Siehe zu, daß du mir alle Tage so viel einhändigen kannst!« Wie er aber am folgenden Tage hörte, daß sie noch Jungfrau sei, rief er zornig den Aufseher seiner Mädchen und sprach: »Nimm sie mit dir und raube ihr ihren jungfräulichen Kranz!« Daher sprach der Aufseher also zu ihr: »Sage mir, ob du eine Jungfrau bist?« Jene aber antwortete: »Solange es Gott gefällt, bleibe ich es.« Der aber sprach: »Wo hast du aber so viel Geld herbekommen?« Da entgegnete ihm das Mägdlein: »Dadurch, daß ich Tränen vergoß, mein Unglück erzählte und die Leute bat, Erbarmen mit meiner Jungfräulichkeit zu haben.« Hierauf warf sie sich auch ihm zu Füßen und sprach: »Erbarme dich meiner, Herr, stehe einer gefangenen Königstochter bei und entehre mich nicht!« Jener aber erwiderte: »Der Kuppler ist ein habsüchtiger Mensch, ich weiß nicht, ob du wirst Jungfrau bleiben können.« Jene sprach indessen: »Ich bin in allen freien Künsten unterwiesen worden und kann wie ein Meister auf der Zither spielen; führe mich auf den Markt, wo du meine Beredsamkeit vernehmen kannst; ich lege dem Volke Fragen vor, ich werde sie auflösen und täglich durch diese Kunst Geld erwerben.« Jener aber versetzte: »Das ist mir recht.« Hierauf lief das ganze Volk zusammen, die Jungfrau zu sehen. Jene aber schickte sich an, ihre Beredsamkeit zu zeigen, und ließ sich Fragen aufgeben, welche sie alle deutlich löste und auf diese Weise viel Geld vom Volke bekam. Indessen hütete Athanagoras ihre Jungfräulichkeit und bewahrte sie unversehrt wie seine einzige Tochter, so daß er sie mit vielen Geschenken dem Aufseher wieder übergab. Während aber dies vorging, kam am Ende des vierzehnten Jahres Apollonius nach der Stadt Tharsis und in das Haus des Stranguilio und der Dyonisiades; kaum hatte ihn aber Stranguilio erblickt, als er auch eilenden Laufes fortstürzte und zu seiner Frau Dyonisiades sprach: »Du sagtest, der schiffbrüchige Apollonius sei tot, siehe, jetzt kommt er, um seine Tochter von uns zu fordern, was wollen wir nun über das Mägdlein sagen?« Jene aber entgegnete: »Mann, ich und du, wir sind verloren; indessen wollen wir Trauerkleider anlegen und Tränen vergießen, und er wird uns glauben, daß seine Tochter eines natürlichen Todes gestorben ist.« Während sie noch darüber miteinander verhandelten, trat Apollonius ein, und als er sie in Trauerkleider gekleidet sah, sprach er: »Warum weint ihr bei meiner Ankunft? Ich glaube nicht, daß diese Tränen mich angehen, sondern euch.« Das Weib aber sprach: »Keineswegs. O, wenn doch ein andrer als ich oder mein Gatte Euren Ohren zurufen wollte, was ich Euch sagen muß, daß Eure Tochter Tharsia plötzlich verschieden ist.« Wie aber das Apollonius hörte, da zitterte sein ganzer Körper, und er blieb lange wie erstarrt stehen; nachher aber kam er endlich wieder zu sich, schaute das Weib an und sprach: »Wenn meine Tochter tot ist, wie du sagst, sind denn auch mit ihr ihr Vermögen und ihre Kleider verschwunden?« Jene aber erwiderte: »Einiges ist da, andres weg.« Und sie sprachen: »Glaube uns, denn weil wir dachten, daß du deine Tochter am Leben zu finden hofftest, und damit du wüßtest, daß wir nicht lügen, so haben wir uns darüber ein Zeugnis verschafft: denn unsre Mitbürger, deiner Wohltaten eingedenk, haben in der Nähe des Meeresufers aus Erz deiner Tochter ein Denkmal errichtet, welches du sehen kannst.« Apollonius aber, welcher glaubte, daß seine Tochter wirklich gestorben sei, sprach zu seinen Dienern: »Nehmt das und tragt es auf mein Schiff, ihr Diener, ich will das Grabmal meiner Tochter besuchen.« Er las aber die Inschrift desselben, wie sie oben geschrieben steht, geriet ganz außer sich, verfluchte seine Augen und sprach: ›O ihr grausamen Augen, da ihr das Grabmal meiner Tochter seht, konntet ihr keine Träne vergießen?‹ Mit diesen Worten begab er sich auf sein Schiff und sprach zu seinen Dienern: »Werft mich, ich bitte euch, in die Tiefe

des Meeres, denn ich wünsche in den Wellen meinen Geist auszuhauchen.« Während er aber auf seiner Rückreise nach Tyrus bisher mit günstigem Winde geschifft war, veränderte sich plötzlich das Meer, und sie wurden durch gefährliche Stürme umhergeworfen. Da aber alle Gott anriefen, gelangten sie zur Stadt Machilenta, wo sich seine Tochter Tharsia befand. Darüber erhoben der Steuermann und alle Schiffer ein großes Freudengeschrei, und Apollonius sprach: »Was für ein freudiges Getöse erreicht meine Ohren?« Der

Steuermann aber erwiderte: »Freue dich, Herr, denn heute feiern wir deinen Geburtstag!« Apollonius aber seufzte und sprach: »Mögen alle diesen Tag feiern, nur ich kann es nicht; meinen Dienern muß meine Buße und mein Schmerz genug sein; ich schenke ihnen zehn Goldstücke, sie mögen kaufen, was sie wollen, und diesen Festtag begehen; wer mich aber rufen oder mir irgendein Vergnügen machen wird, dem will ich die Beine zerschlagen lassen.« Also empfing sein Zahlmeister, was nötig war, und kehrte wieder auf das Verdeck zurück. Während aber das Schiff des Apollonius zierlicher geschmückt war als alle übrigen und besser aussah und die Schiffer ein großes Festmahl hielten, ging Athanagoras, der sich in die Tharsia verliebt hatte, in der Nähe des Schiffes am Gestade spazieren, erblickte das Schiff des Apollonius und sprach: »Freunde, seht, so ein Schiff gefällt mir, denn ich sehe, daß es äußerst zierlich geschmückt ist.« Wie aber die Schiffer ihr Schiff loben hörten, sprachen sie zu ihm: »Herr, wir bitten dich, steige auf unser Schiff.« Jener aber entgegnete: »Recht gern«, stieg hinauf und setzte sich lustigen Sinnes unter sie, legte zehn Goldstücke auf den Tisch und sprach: »Seht her, ihr sollt mich nicht umsonst eingeladen haben!« Da sprachen sie: »Herr, wir bedanken uns.« Wie aber der Fürst sah, daß sich alle gesetzt hatten, sprach er: »Wer ist der Herr dieses Schiffes?« Der Steuermann erwiderte: »Unser Patron trauert, er liegt im Raume und will sterben, denn er hat auf der See seine Frau und im fremden Lande seine Tochter eingebüßt.« Da sprach Athanagoras zu einem seiner Sklaven namens Ardalius: »Ich will dir zwei Goldstücke geben, gehe hinab und sage ihm: ›Der Fürst dieser Stadt läßt dich ersuchen, hier aus dem Dunkel hinauf zu ihm ans Tageslicht zu kommen.‹« Der Jüngling aber sprach: »Ich kann für deine Goldstücke meine Beine mir nicht wieder ganz machen, suche dir einen andern; denn er hat befohlen, jedem die Beine zu zerschlagen, der ihn rufen würde.« Athanagoras aber sprach: »Dieses Gebot gilt für euch, nicht für mich; ich aber will hinabgehn, sagt mir nur, wie er sich nennt.« Jene aber erwiderten: »Apollonius.« Wie er den Namen gehört hatte, sprach er bei sich: ›Auch Tharsia nannte ihren Vater Apollonius.‹ Hierauf stieg er zu ihm hinab, und als er sah, daß sein Bart lang herabfiel und sein Haar verworren und struppig um ihn hing, sprach er mit leiser Stimme zu ihm: »Sei gegrüßt, Apollonius!« Wie aber Apollonius dieses hörte und glaubte, daß ihn einer seiner Sklaven beim Namen rufe,

schaute er mit finstrer Miene auf; da er aber einen unbekannten, anständigen und feingekleideten Mann erblickte schwieg er. Darauf sprach der Fürst zu ihm: »Ich weiß, daß du dich wundern wirst, warum ich, der ich dir unbekannt bin, dich bei deinem Namen rufe; vernimm aber, daß ich der Fürst dieser Stadt bin und Athanagoras heiße; ich stieg zum Meeresufer hinab, um mir die dort liegenden Schiffe anzusehen, und sah, wie das deinige vor den übrigen zierlich geputzt war, und sein Anblick gefiel mir; ich ward hierauf von deinen Matrosen eingeladen, zu ihnen zu kommen, stieg hinauf und setzte mich fröhlichen Mutes mit ihnen zu Tische; da fragte ich nach dem Herrn des Schiffes, und da sie mir sagten, er lebe in großer Traurigkeit, so stieg ich zu dir herab, um dich aus diesem finstern Orte mit hinauf ans Licht zu nehmen, hoffe auch, daß dir Gott nach Trauer Freude gewähren wird.« Apollonius aber richtete seinen Kopf in die Höhe und sprach: »Herr, wer du auch bist, gehe hin in Frieden; ich aber bin nicht wert zu schmausen, will also auch nicht mehr leben.« Hierauf stieg Athanagoras bestürzt wieder auf das Verdeck des Schiffes und sprach: »Ich bin nicht imstande, euren Herrn zu überreden, daß er wieder ans Tageslicht kommt, ich will aber doch machen, daß er von seinen Todesgedanken abgebracht wird.« Hierauf rief er einen von seinen Sklaven und sprach zu ihm: »Gehe hin zu dem Kuppler und bitte ihn, er solle mir die Tharsia zusenden, denn sie ist klug und hat eine angenehme Stimme; vielleicht kann sie ihn dahin bringen, daß ein solcher Mann nicht sein Leben auf solche Weise endet.« Das Mägdlein kam also auf das Schiff, und Athanagoras sprach zu ihr: »Komm her zu mir, Tharsia! denn hier kannst du deine Kunst zeigen, damit du den Herrn dieses Schiffes, der unten im Finstern sitzt, tröstest, und ihn veranlassest, wieder herauf ans Sonnenlicht zu kommen, denn er trauert um seine Gemahlin und Tochter. Gehe zu ihm, auf daß er wieder herauf zu uns komme, vielleicht wird Gott durch dich seine Trauer in Freude verkehren. So du das tun kannst, will ich dir dreißig Goldstücke und ebensoviel Silber geben und dich binnen dreißig Tagen von dem Kuppler loskaufen.« Wie das Mägdlein dieses hörte, ging sie mutig hinab, begrüßte ihn demütig und sprach: »Sei mir gegrüßt, wer du auch bist! freue dich und wisse, daß eine unschuldige Jungfrau, die ihre Jungfrauschaft und Keuschheit bei allen Unglücksfällen unversehrt erhalten hat, dich begrüßt.« Hierauf begann sie mit Spiel und Gesang so lieblich ihn zu ergötzen, daß

Apollonius sich verwunderte; und langsam sprach sie, wie folgt: »Mitten unter Buhlerinnen schreite ich einher und bin doch keine, so läßt sich auch die Rose durch keine Dornen verletzen; mein Entführer stürzte von den Hieben eines Schwertträgers zu Boden; obgleich einem Kuppler überliefert, ist doch meine Schamhaftigkeit nicht verletzt worden. Die Wunden meiner Seele würden aufhören und meine Tränen trocknen, keinem würde wohler sein als mir, wenn ich meine Eltern kennte; nur das weiß ich, daß ich ihr einziges Kind und aus königlichem Geschlechte bin, und werde, glaube ich, einst noch, wenn Gott es will, wieder froh werden. Laß jetzt die Tränen und gib deine Bekümmernis auf, zeige dem Himmelsgewölbe wieder dein Gesicht und wende deinen Geist zu den Gestirnen; denn Gott ist der Schöpfer, Regierer und Erhalter der Menschen, er wird nicht zulassen, daß deine Tränen vergeblich gewesen sind.« Darauf schlug Apollonius seine Augen auf, und als er das Mägdlein gewahr wurde, seufzte er und sprach: »Weh mir Unglücklichem! Solange ich noch mit meinem Schicksal ringen werde, danke ich dir und deiner Weisheit und Edelsinn. Nimm das dafür als Vergeltung, daß ich deiner eingedenk sein will, solange ich mich noch freuen kann und die Kräfte meines Reiches mich erhalten. Vielleicht bist du, wie du gesagt hast, aus königlichem Blute, und wirst wieder zu deinen Eltern kommen; nimm aber jetzt hundert Goldstücke, entferne dich und rufe mich nicht mehr, denn da meine noch frische Trauer durch die Erwähnung deines Unglücks wieder aufgefrischt worden ist, vergehe ich.« Das Mägdlein aber nahm die hundert Goldstücke und schickte sich an, wegzugehn. Athanagoras aber sprach zu ihr: »Wo gehst du hin, Tharsia? Du hast vergebens dich abgemüht, konntest du sein Mitleid nicht erregen und dem Manne, der sich umbringen will, beistehn?« Tharsia aber entgegnete: »Ich habe alles getan, was ich konnte, er hat mir aber hundert Goldstücke gegeben und mich gebeten, mich zu entfernen.« Da sprach Athanagoras: »Ich will dir zweihundert geben, gehe aber wieder hinab, gib ihm die, welche er dir geschenkt hat, wieder, und sprich zu ihm: ›Ich wünsche deine Erhaltung, nicht dein Geld.‹« Hierauf begab sich Tharsia wiederum hinab, setzte sich neben ihn hin und sprach: »Wenn du einmal darauf bestehst, in dieser Trauer zu verharren, so erlaube mir wenigstens, mit dir zu reden. Wenn du ein Rätsel, welches ich dir aufgeben will, lösen kannst, so will ich gehn; wenn du aber auch dieses nicht willst, so will ich dir dein Geld zurückgeben und mich entfernen.« Darauf sprach Apollonius, um das Geld nicht wiedernehmen zu müssen, aber auch die Rede des klugen Mägdleins nicht von sich zu weisen: »Obgleich ich in meinem Elende keine andere Sorge habe, als wie ich weinen und klagen kann, so sage dennoch, damit ich deiner zierlichen Weisheit nicht verlustig gehe, was du mich fragen willst, und gehe sodann deiner Wege; denn ich bitte dich, daß du meinen Tränen Raum gibst.« Da sprach Tharsia: »Es gibt ein Haus auf Erden, das, obwohl zugeschlossen, doch immer wieder aufspringt; das Haus gibt aber einen Widerhall von sich, und doch sind seine Gäste still und geben keinen Laut von sich; beide aber, Gäste und Haus, laufen nebeneinander. So du nun ein König bist, wie du sagst, mußt du auch weiser als ich sein, löse mir also das Rätsel auf.« Da sprach Apollonius: »Damit du nicht glaubst, daß ich gelogen habe, so wisse, daß das Haus, welches auf dem Lande wiederklingt, die Wellen sind, die Gäste aber die stummen Fische, welche in ihrem Hause dahinlaufen.« Jene aber versetzte: »Ich bin lang und schnell und die Tochter des schönen Waldes, umgeben von einer unzähligen Schar von Begleitern; ich durchwandle viele Straßen, lasse aber keine Spuren zurück.« Da entgegnete Apollonius: »Wenn es ginge, wollte ich dir vieles zeigen, was du nicht weißt, wenn ich auf deine Fragen geantwortet haben werde; demungeachtet aber wundre ich mich, daß du in so zartem Alter mit so bewunderungswürdiger Klugheit begabt bist. Der Baum nämlich, welcher von vielen Scharen von Begleitern begleitet ist, viele Straßen durchwandelt und doch keine Spur zurückläßt, ist ein Schiff.« Da fügte das Mägdlein hinzu: »Es geht unschuldig durch Gewölbe und Häuser, in der Mitte ist große Hitze, die niemand zu entfernen sucht, das Haus selbst ist nackt; aber doch paßt für dasselbe nur ein nackter Gast, und wenn du deine Trauer ablegen wolltest, könntest du ohne Schaden in das Feuer hineingehen.« Da antwortete Apollonius: »Ich würde dann in ein Bad treten, wo hier und da Flammen durch das Getäfel schlagen; nackt ist das Haus, in welchem nichts ist, nackte Gäste nur passen für dieses, und nackt sollen sie daselbst schwitzen.« Wie aber das Mägdlein solches und ähnliches redete, warf sie sich über den Apollonius, breitete ihre Arme aus und umarmte ihn mit folgenden Worten: »Erhöre die Stimme der dich Anflehenden, schau mich Jungfrau an, denn es ist gottlos, daß ein Mann von so großer Klugheit sterben soll; wenn dir Gott durch seine Gnade die Gemahlin, nach der du so großes Verlangen trägst, wiedergibt, wenn du die Tochter, welche du für tot ausgibst, wiederfinden kannst, so mußt du, um dich darüber freuen zu können, am Leben bleiben.« Als aber Apollonius diese Worte vernahm, geriet er in Wut, sprang auf und stieß das Mägdlein mit dem Fuße weg; die Jungfrau aber stürzte von diesem Stoße zu Boden, und von ihrer aufgerissenen Backe strömte Blut herab; sie fing daher bestürzt an zu weinen und sprach: »O Gott, du Erbauer des Himmelsgewölbes, sieh mein Bekümmernis! Ich bin unter Wellen und Wogen des Meeres geboren, meine Mutter ist von

Schmerzen zerrissen gestorben, ein Grab auf dem festen Lande ist ihr verweigert worden, sie wurde nur von meinem Vater geschmückt in einen Sarg gelegt und mit zwanzig Goldstücken dem Meere übergeben; ich Unglückliche aber bin von meinem Vater mit Schmuck und königlichen Gewändern seinem gottlosen Gastfreunde, dem Stranguilio, und der Dyonisiades überliefert worden, und sie befahlen einem ihrer Sklaven, mich zu töten; endlich hat dieser auf mein Bitten, die Götter vor meiner Ermordung noch einmal anrufen zu dürfen, mir dieses zugestanden, und da Seeräuber inzwischen hinzukamen, bin ich von diesen entführt worden, während der, welcher mich töten wollte, entfloh; man hat mich an diesen Ort gebracht, und Gott mag mich nun, so es ihm gefällt, meinem Vater Apollonius zurückgeben.« Als aber Apollonius alle diese so sichern Merkmale gewahr ward, rief er mit lauter Stimme folgende Worte aus: »O Herr, du Allerbarmer, der du den Himmel und die Tiefen durchschaust und alle Geheimnisse an den Tag bringst, gesegnet sei dein Name!« Als er so gesprochen hatte, fiel er seiner Tochter Tharsia in die Arme, küßte sie voller Freude, weinte vor Wollust bitterlich und sprach: »O meine süße einzige Tochter, du Hälfte meiner Seele, dir zu Gefallen will ich nun nicht sterben, denn ich habe die wiedergefunden, wegen der ich mir den Tod geben wollte.« Hierauf rief er mit lauter Stimme: »Eilt herbei, ihr Diener, lauft, ihr Freunde, kommt alle herzu und macht meinem Jammer ein Ende, denn ich habe meine einzige Tochter, die ich verloren hatte, wiedergefunden!« Als aber die Diener sein Geschrei vernahmen, liefen sie hinab, mit ihnen lief auch der Fürst Athanagoras hinunter, und als sie im Schiffsraume angelangt waren, fanden sie ihn vor Freude weinend am Halse seiner Tochter und also sprechend: »Hier ist die zweite Hälfte meiner Seele, meine Tochter, die ich betrauerte, nun will ich leben.« Alle aber weinten vor Freude mit ihm. Hierauf richtete sich Apollonius auf, warf seine Trauerkleider ab, kleidete sich in reine Gewänder, und alle sprachen: »O Herr, wie ähnlich ist Euch Eure Tochter! Hätten wir auch kein andres Zeugnis dafür, schon ihre Ähnlichkeit würde hinreichen, zu beweisen, daß sie deine Tochter ist.« Hierauf küßte das Mägdlein ihren Vater drei- bis viermal und sprach: »O mein Vater, gelobt sei Gott, daß er mir diese Gnade erwiesen hat, daß ich dich sehen, mit dir leben und mit dir sterben kann!« Und nun erzählte sie, wie sie von dem Kuppler erworben und in ein Freudenhaus gebracht worden sei, und wie Gott ihre Jungfräulichkeit beschützt habe. Als das Athanagoras hörte, fürchtete er, jener möchte seine Tochter einem andern zur Frau geben, warf sich also dem Apollonius zu Füßen und sprach: »Ich beschwöre dich bei dem lebendigen Gott, der dich als Vater deiner Tochter zurückgegeben hat, gib deine Tochter keinem andern als mir zur Ehe, denn ich bin der König dieser Stadt, und durch meine Beihilfe ist sie Jungfrau geblieben, und unter meiner Führung hat sie dich als ihren Vater erkannt.« Darauf antwortete ihm Apollonius: »Ich darf dir nicht entgegen sein, da du vieles für mein Kind getan hast, und wünsche, daß sie deine Gemahlin werden möge; es ist nun bloß noch übrig, daß ich Rache an dem Kuppler nehme.« Sogleich begab sich Athanagoras in die Stadt, rief die Bürger zusammen und sprach: »Nicht möge die ganze Stadt um eines Gottlosen willen untergehn! Wisset, daß der König Apollonius, der Vater der Tharsia, hier angelangt ist; seht, seine Flotte eilt mit einem großen Heere herbei, um die Stadt wegen eines Kupplers zu zerstören, der seine Tochter Tharsia in sein Hurenhaus gebracht hatte.« Alsbald entstand ein Zusammenlauf und eine solche Bewegung unter dem Volke, daß weder Männer noch Weiber zurückblieben, sondern alle zum Apollonius hinliefen, um ihn zu sehen und um Erbarmen anzuflehn. Athanagoras aber sprach: »Ich rate, daß der Kuppler, auf daß nicht die ganze Stadt zerstört werde, vor ihn geführt wird.« Alsbald ward er ergriffen und mit auf den Rücken gebundenen Händen vor den König Apollonius gebracht; der aber legte ein königliches Gewand an, setzte sein Diadem auf seinen abgeschorenen Kopf, bestieg mit seiner Tochter den Richterstuhl und sprach zu den Bürgern: »Ihr seht die Jungfrau Tharsia, welche heute von ihrem Vater wiedererkannt worden ist; jener schändliche Kuppler bereitete ihr aber, wie groß seine Verdorbenheit ist, ewige Schande, und wollte weder durch ihre Freunde, noch ihre Bitten, noch für Geld sich von seiner Absicht abbringen lassen: rächt also meine Tochter!« Hierauf sprachen alle mit einer Stimme: »Herr, der Kuppler soll lebendig verbrannt werden.« Sogleich ward der Kuppler gebracht und vor den Augen aller auf einen Scheiterhaufen gestellt und ganz zu Asche verbrannt; Tharsia aber sprach zu seinem Vogte: »Ich schenke dir die Freiheit, denn durch deine und deiner Mitbürger Gütigkeit bin ich eine Jungfrau geblieben«, und damit schenkte sie ihm zweihundert Goldstücke und die Freiheit. Auch allen den andern Mädchen, die sich ihr vorstellten, gab sie die Freiheit und sprach zu ihnen: »Macht euch von nun an frei von dem Gedanken an das, was ihr bisher mit eurem Leibe getan habt.« Hierauf sprach Apollonius zu dem Volke: »Um euch meinen Dank für die Wohltaten, die ihr mir und meiner Tochter getan habt, zu beweisen, schenke ich euch fünfzig Pfund Goldes.« Diese aber neigten ihre Häupter, um ihm ihren Dank darzubringen; alle Bürger aber errichteten in der Mitte der Stadt ein Standbild des Apollonius und gruben auf das Fußgestell desselben ein: ›Dem Apollonius von Tyrus, dem Wiederhersteller unsrer Häuser, und der heiligen Jungfrau, seiner Tochter Tharsia.‹ Wenige Tage nachher gab Apollonius zur Freude der ganzen Stadt seine Tochter dem Athanagoras zur Frau und segelte mit seinem Schwiegersohne und seiner Tochter ab, um nach Tharsus, seiner Vaterstadt, zu gehn, ward aber im Traume von einem Engel aufgefordert, sich nach Ephesus zu begeben und mit seiner Tochter und seinem Schwiegersohne in den Tempel der Epheser zu gehn: dort sollte er laut alle seine Schicksale erzählen, was er von seiner Jugend auf erlitten hätte, wie er nochmals

nach Tharsus gekommen sei und seine Tochter gerächt habe. Apollonius aber erzählte bei seinem Erwachen dies alles seinem Schwiegersohne und seiner Tochter wieder, jene aber sprachen: »Tue, Herr, was dir gut scheint.« Hierauf befahl er dem Steuermann, nach Ephesus zu fahren, und als er daselbst gelandet war, begab er sich mit den Seinigen nach dem Tempel, wo seine Gemahlin auf heilige Weise unter den Priesterinnen lebte, und bat, man möchte ihm den Tempel öffnen, was auch geschah. Als aber seine Gemahlin hörte, daß ein König mit seiner Tochter und Eidam gekommen sei, schmückte sie ihren Kopf mit königlichen Edelsteinen, kleidete sich in ein Purpurgewand und begab sich mit einem glänzenden Gefolge in den Tempel. Sie war aber sehr reizend, und wegen ihrer so großen Liebe zu einem keuschen Lebenswandel versicherten alle, es gäbe keine so reizende Jungfrau wie sie. Als Apollonius sie nun erblickte, erkannte er sie nicht und warf sich ihr nebst seiner Tochter und seinem Schwiegersohne zu Füßen. Und es lag in ihr eine solche glänzende Schönheit, daß sie allen, welche sie schauten, selbst wie ein Diadem vorkam. Apollonius legte nun in dem Tempel kostbare Geschenke nieder und begann nach diesem zu reden, wie es ihm der Engel befohlen hatte: »Ich bin von meiner Kindheit an ein geborner König gewesen, stamme von Tyrus und heiße Apollonius. Wie ich aber zu jeglicher Weisheit gelangt war, habe ich ein Rätsel des gottlosen Königs Antiochus gelöst, um seine Tochter zur Frau zu bekommen; er aber hat sie selbst entehrt und bei seiner Gottlosigkeit erhalten, mich aber zu ermorden gesucht. Nach diesem habe ich mich auf die Flucht begeben, allein auf der See alles verloren; indessen bin ich nachher vom König Altistrates aufs wohlwollendste aufgenommen worden und habe seine Güte so weit erfahren, daß er mir sogar seine Tochter zur Gemahlin gab. Hierauf habe ich, als Antiochus mittlerweile gestorben war, meine Frau mit mir genommen, um mein Reich in Besitz zu nehmen; und sie hat mir auf dem Meere diese meine Tochter geboren, ist aber an der Entbindung gestorben, und ich habe sie mit zwanzig Goldstücken in einem Sarge verschlossen und ins Meer hinabgelassen, auf daß sie, wenn man sie fände, anständig beerdigt werden könnte. Dann habe ich diese meine Tochter den nichtswürdigen Menschen anbefohlen, um sie zu erziehen, und habe mich nach dem oberen Teile von Ägypten begeben.

Wie ich nun nach vierzehn Jahren erschien, um meine Tochter von ihnen zu fordern, sagten sie, sie sei gestorben, und indem ich ihnen Glauben beimaß, habe ich in Kummer und Trauerkleidern gelebt und gewünscht zu sterben, bis mir meine Tochter wiedergegeben wurde.« Während er aber dieses und ähnliches erzählte, richtete sich seine Gemahlin, die Tochter des Königs Altistrates, auf, riß ihn an sich und umarmte ihn, indem sie ihn küssen wollte; Apollonius aber stieß sie mit Unwillen von sich, weil er nicht wußte, daß sie seine Gattin sei. Jene aber sprach mit Tränen: »O mein Herr, mein zweites Ich, warum handelst du also an mir?

Ich bin ja dein Weib, die Tochter des Königs Altistrates, und du bist Apollonius von Tyrus, mein Mann und mein Eheherr; du bist mein Schiffbrüchiger, den ich nicht um fleischlicher Lust willen, sondern seiner Weisheit wegen geliebt habe.« Als das Apollonius hörte, erkannte er sie gleich, fiel ihr um den Hals und vergoß Freudentränen, indem er also sprach: »Gelobt sei der Höchste, der mir meine Frau und Tochter wieder zugeführt hat!« Jene aber sagte: »Wo ist meine Tochter?« Er selbst aber wies auf die Tharsia und sprach: »Das ist meine Tochter Tharsia.« Sie aber küßte sie, und also ward, sowohl in der Stadt als in der

Umgegend, zur großen Freude aller bekannt, wie der König Apollonius seine Gemahlin in dem Tempel wiedergefunden habe. Hierauf bestieg Apollonius mit seiner Frau und Tochter und seinem Eidam ein Schiff und segelte wieder nach seiner Vaterstadt. Wie nun also Apollonius nach Antiochia kam, nahm er die ihm aufgehobene Regierung an und begab sich sodann nach Tyrus, nachdem er seinen Schwiegersohn Athanagoras zu seinem Stellvertreter eingesetzt hatte. Hierauf zog er mit seinem Schwiegersohne, seiner Gemahlin und Tochter und einem königlichen Heere nach Tharsus, ließ die Dyonisiades und den Stranguilio greifen und vor sich führen und redete hierauf alle Anwesenden also an: »Ihr Bürger von Tharsus, habe ich mich irgendeinem unter euch unangenehm gemacht?« Alle aber riefen: »Nein, Herr, wir sind bereit, für Euch zu sterben; diese Bildsäule ist darum gesetzt worden, weil Ihr uns vom Tode errettet habt!« Apollonius sprach nun: »Ich habe meine Tochter dem Stranguilio und seiner Frau Dyonisiades anvertraut, allein sie haben mir dieselbe nicht zurückgeben wollen.« Das unglückselige Weib rief: »Guter Herr, hast du nicht die Inschrift ihres Grabmals gelesen?« Da ließ Apollonius seine Tochter vor das Angesicht aller Anwesenden treten, und Tharsia fluchte dem Weibe und sprach zu jenen: »Heil euch! Tharsia, die von den Toten auferweckt worden ist, bringt euch ihren Gruß.« Als aber das elende Weib sie erblickte, zitterte es am ganzen Leibe; die Bürger aber wunderten und freuten sich. Hierauf ließ Tharsia den Meier holen und sprach zu ihm: »Theophile, du kennst mich; antworte jetzt mit lauter Stimme: wer hat dich veranlaßt, mich zu ermorden?« Der Meier aber entgegnete: »Meine Gebieterin, die Dyonisiades.« Darauf ergriffen die Bürger den Stranguilio und die Dyonisiades, schleppten sie zur Stadt hinaus und steinigten sie. Da sie aber auch den

Theophilus töten wollten, entriß ihn Tharsia dem Tode, indem sie also sprach: »Hätte er mir nicht Zeit zum Beten gelassen, würde ich ihn jetzt nicht beschützen.« Hierauf gab Apollonius den Bürgern viele Geschenke, um ihre Stadt zu verschönern, und hielt sich drei Monate lang bei ihnen auf; dann aber schiffte er nach der Stadt Pentapolis, begab sich auf das Stadthaus und besuchte voller Freuden den König Altistrates. Mittlerweile war dieser aber alt geworden und sah seine Tochter und Enkelin mit ihrem Gemahl ein ganzes Jahr lang mit Vergnügen bei sich, und so lange blieben sie auch beisammen; nachher aber starb er, als seine Zeit vollendet war, nachdem er zuvor die eine Hälfte seines Reichs dem Apollonius, die andre aber seiner Tochter übergeben hatte. Als nun aber alles vollendet war und Apollonius einst am Gestade des Meeres lustwandelte, erblickte er den Fischer, welcher ihn nach seinem Schiffbruche aufgenommen hatte, und befahl, ihn zu greifen und nach seinem Palaste zu führen. Wie sich aber der Fischer von Soldaten gepackt sah, meinte er, die Stunde seines Todes sei gekommen; allein Apollonius trat bald darauf auch in den Palast und ließ ihn vor sich bringen, indem er also zu ihnen sprach: »Das ist mein Brautwerber, der mich nach meinem Schiffbruch unterstützt und mir den Weg nach dieser Stadt gezeigt hat«, und sagte zu ihm: »Ich bin Apollonius von Tyrus.« Hierauf ließ er ihm zweihundert Goldstücke, Sklaven und Mägde geben und nahm ihn, solange er noch lebte, unter seine Begleiter auf. Da warf sich auch Elamitus, der ihm zuerst die Nachricht von Antiochus hinterbracht hatte, ihm zu Füßen und sprach zu ihm: »Erinnere dich, o Herr, deines Knechtes Elamitus!« Apollonius aber nahm ihn bei der Hand, hob ihn auf, machte ihn zu einem reichen Manne und ordnete ihn seinem Gefolge bei. Als aber Apollonius alles dieses zu Ende gebracht hatte, zeugte er noch mit seiner Frau einen

Sohn, welchen er an der Stelle seines Großvaters Altistrates zum König einsetzte. Und es lebte Apollonius mit seiner Gemahlin noch vierundachtzig Jahre und regierte Antiochia und Tyrus und die Tyrier in Ruhe und Glück, schrieb aber seine Begebenheiten selbst auf und füllte mit ihnen zwei große Rollen an, von denen er eine in dem Tempel zu Ephesus, die andre in seiner Bibliothek niederlegte; endlich starb er und gelangte zum ewigen Leben, zu welchem auch wir kommen mögen. Amen.

Der Krieger Julianus

Es war einst ein Krieger, Julianus genannt, der, ohne es zu wissen, seine beiden Eltern tötete. Denn als dieser edle junge Mann an einem gewissen Tage der Jagd pflegte und einen aufgespürten Hirsch verfolgte, wendete derselbe sich plötzlich nach ihm um und sprach: »Du, der du mich verfolgst, wirst der Mörder deines Vaters und deiner Mutter sein!« Als jener das gehört hatte, fürchtete er sich sehr, daß ihm das begegnen möchte, was er von dem Hirsche vernommen hatte. Er verließ deshalb alle, ging hinweg und kam in eine weit entfernte Gegend und schloß sich da an einen gewissen Fürsten an. Hier benahm er sich denn auch so wacker im Felde und im Palaste, daß ihn der Fürst zu einem Kriegsobersten machte, ihm die Witwe eines Kastellans zur Ehe gab und er somit ihr Schloß als Mitgift empfing. Die Eltern Julianus' aber, die wegen des Verlustes ihres Sohnes in großer Trauer allwegen sich herumtrieben und aufs eifrigste ihren Sohn suchten, gelangten endlich an das Schloß, wo Julianus war. Als nun die Gemahlin Julianus' sie erblickt und, weil jener nicht zu Hause war, sie befragt hatte, wer sie wären, und jene alles, was ihrem Sohne begegnet war, erzählt hatten, so merkte sie, daß diese die Eltern ihres Mannes sein müßten, insofern sie diese Dinge oft schon von ihrem Manne gehört hatte. Also nahm sie dieselben freundlich auf, und aus Liebe zu ihrem Manne überließ sie ihnen ihr eignes Bett und ließ für sich selbst an einem andern Orte eins zurechtmachen. Am frühen Morgen aber ging die Kastellanin zur Kirche, und siehe da, auch Julianus kam früh in ihr Schlafzimmer, um seine Frau zu wecken, und als er bei seinem Eintreten zwei Personen beieinander liegen fand, vermutete er, es müsse seine Frau mit ihrem Buhlen sein, zog stillschweigend sein Schwert und durchbohrte beide zugleich. Da er aber vor das Haus trat, sah er seine Frau aus der Kirche kommen, wunderte sich sehr und fragte sie, wer die wären, welche in ihrem Bette schliefen. Jene aber sprach: »Es sind Eure Eltern, welche Euch so lange gesucht haben; diese habe ich in unser Schlafzimmer gebettet.« Als er das hörte, fiel er beinahe tot vor Schrecken zur Erde nieder und fing an bitterlich zu weinen und zu sagen: »Weh mir Elendem, was soll ich machen, der ich meine teuern Eltern getötet habe? Und siehe, so erfülle sich das Wort des Hirsches; ich wollte

ihm entgehen, und gerade so habe ich Unglücklicher es wahr gemacht. Lebe jetzt wohl, süße Schwester, denn fürder will ich nicht ruhen, bis ich weiß, ob Gott meine Reue angenommen hat!« Sie aber sprach zu ihm: »Liebster Bruder, es sei ferne, daß du mich verläßt und ohne mich wegziehst, sondern da ich teil an deinen Freuden gehabt habe, will ich auch Anteil an deinen Schmerzen haben.« Hierauf begaben sie sich zusammen hinweg an einen großen Strom, wo viele Personen in Lebensgefahr zu kommen pflegten, und erbauten da ein großes Hospiz, auf daß sie dort Buße täten und alle, die es wollten, unverzüglich über den Fluß setzten und alle Armen in ihrem Hospiz aufnähmen. Nach langer Zeit aber, als einst um Mitternacht Julianus ermüdet eingeschlafen und gerade eine grimmige Kälte war, vernahm er eine kläglich schreiende Stimme, welche ihn mit traurigem Tone anflehte, sie herüber zu holen. Als er das gehört hatte, stand er alsbald auf, fand einen Menschen, der fast schon vor Kälte erstarrt war, trug ihn in sein Haus, machte ein Feuer an und suchte ihn zu erwärmen; allein er konnte durchaus nicht warm werden, und weil Julianus fürchtete, er möchte ihm unter den Händen sterben, so trug er ihn in sein Bett und deckte ihn fleißig zu. Nach kurzer Zeit aber stieg der, welcher ihm erst krank und aussätzig erschienen war, von glänzendem Licht umgeben zum Himmel auf und sprach also zu seinem Wirte: »Julianus, der Herr hat mich zu dir gesendet und mir aufgetragen, dir kundzutun, daß er deine Buße angenommen hat und ihr beide in kurzem im Herrn entschlafen werdet.« Bei diesen Worten verschwand er, und Julianus mit seiner Gattin, reich an guten Werken und Mildtätigkeit, entschlief nach wenig Zeit in dem Herrn.

Der Schuß auf den Leichnam

Es lebte einst ein sehr edler König, weise und reich, der eine ihm sehr teure Gattin hatte, die der ihm schuldigen Liebe uneingedenk drei Söhne außerhalb ihrer Ehe gebar, die beständig aufrührerisch gegen den König und demselben in nichts ähnlich waren. Nachher aber empfing sie aus dem Samen des Königs einen vierten Sohn, gebar und säugte ihn. Nun begab es sich aber, daß, als der Kreislauf seiner Tage geschlossen war, der König starb und sein königlicher Leib in einem Sarge verschlossen wurde. Da fingen nun nach seinem Tode die vier obengenannten Söhne an, um die Oberherrschaft im Reiche zu streiten. Endlich kamen sie darin miteinander überein: sie wollten zu einem alten Krieger, der vormals Geheimschreiber des verstorbenen Königs gewesen war, gehen und sich einfach auf seine Entscheidung verlassen – und also geschah es. Als nun aber der Krieger sie geduldig angehört hatte, sprach er: »Hört meinen Rat! und wenn ihr denselben werdet befolgt haben, wird alles gut sein. Es ist aber ersprießlich für euch, daß ihr den Leichnam des seligen Königs aus seinem Sarge herausnehmt und dann ein jeder von euch seinen Bogen und Pfeil in Bereitschaft hält; wer nun am tiefsten in den Leichnam hineinschießen wird, der soll sein Reich erhalten.« Dieser Rat gefiel ihnen, sie gruben den Leichnam aus seinem Ruheplatz aus und befestigten ihn an einem Baume. Der erste aber, welcher seinen Pfeil abschoß, verwundete die rechte Hand des Königs, weshalb man ihn beinahe schon zum alleinigen Erben und Herrn des Reichs ausrief. Der zweite aber schoß seinen Pfeil gewissermaßen voller Fröhlichkeit näher in das Gesicht hinein, woher er sich den Sieg mit größerer Gewißheit zuschrieb. Der dritte aber durchbohrte das Herz desselben und meinte nun, er werde vor seinen andern Brüdern auf das sicherste die Herrschaft ohne Widerstreit in Besitz nehmen können. Als nun aber der vierte zu dem Leichnam hintrat, seufzte er schwer und sprach mit kläglicher Stimme: »Weh mir, mein Vater, daß ich deinen Leichnam von deinen eignen Söhnen verwundet sehen muß; fern sei es von mir, daß ich nach dem Leibe meines Vaters, sei er nun lebendig oder tot, jemals schießen sollte.« Als er so gesprochen hatte, da hoben ihn die Fürsten des Landes und das ganze Volk miteinander auf ihre Schultern und setzten ihn als den wahren Erben und Herrn des Reiches auf den Thron seines Vaters; die andern drei aber wurden aller ihrer Würden und Reichtümer beraubt und aus dem Lande gejagt.

Der Schmied Focus

Titus herrschte im römischen Reiche und gab ein Gesetz, daß der Geburtstag seines Erstgeborenen von allen heilig gehalten werden sollte und daß, wer diesen Ehrentag seines Sohnes durch eine niedrige Arbeit beflecken würde, des Todes sterben müßte. Als er dieses Gesetz hatte bekanntmachen lassen, rief er seinen Meister Virgilius zu sich und sprach: »Mein Lieber, ich habe zwar ein solches Gesetz gegeben, allein demohngeachtet können doch oft im geheimen Vergehen begangen werden, zu deren Kenntnis ich nicht gelangen kann. Wir bitten dich also, daß du vermöge deiner Weisheit ein Mittel findest, durch welches ich diejenigen erkennen kann, welche gegen das Gesetz fehlen.« Jener aber sprach: »Herr, dein Wille geschehe.« Alsbald ließ Virgilius mitten in der Stadt durch seine Zauberkünste eine Bildsäule entstehen, welche den Kaiser alle an jenem Tage heimlich begangenen Sünden sehen ließ, und also wurden auf die Anklage dieses Standbildes unendlich viele Menschen verurteilt. Nun gab es aber in der Stadt einen gewissen Handwerksmann, namens Focus, der an jenem Tage wie an den übrigen arbeitete. Als er aber einstmals auf seinem Lager hingestreckt lag, dachte er bei sich darüber nach, wie so viele Menschen durch die Anklage jener Bildsäule ums Leben kämen. Früh nun stand er auf und begab sich zur Bildsäule und sprach also zu ihr: »O, du Bildsäule du, viele Menschen werden auf deine Anklage hingerichtet! Ich gelobe aber meinem Gott, daß, so du mich verklagen wirst, ich dein Haupt zerbrechen werde!« Als er so gesprochen hatte, machte er sich wieder nach seinem Hause auf den Weg. In der ersten Stunde aber schickte der Kaiser nach seiner Gewohnheit seine Boten zu der Bildsäule, um sie zu befragen, ob jemand gegen das Gesetz gehandelt hätte. Wie sie aber zu der Bildsäule gekommen waren und ihr den Willen des Kaisers hinterbracht hatten, sprach diese: »Ihr lieben Leute, hebt eure Augen auf und seht, was auf meiner Stirne geschrieben steht.« Wie jene aber ihre Augen in die Höhe erhoben hatten, erblickten sie auf ihrer Stirne ganz deutlich folgende drei Sätze: Die Zeiten ändern sich; die Menschen werden immer schlimmer; wer die Wahrheit sagen wird, wird seinen Kopf gebrochen sehen. »Geht hin und meldet eurem Herrn, was ihr gesehen und gelesen habt.« Also machten sich die Boten auf und hinterbrachten ihrem

Herrn alles. Als das der Herr gehört hatte, gebot er seinen Soldaten, sich zu waffnen und nach der Bildsäule zu gehen, und so gegen sein Geheiß irgend jemand etwas wider dieselbe vornähme, sollten sie ihn gefesselt an Händen und Füßen vor ihn führen. Die Soldaten begaben sich also zu jener Bildsäule und sprachen zu ihr: »Es gefällt dem Kaiser also, daß du ihm diejenigen anzeigst, welche gegen das Gesetz gehandelt haben, und so auch, wer sie waren, welche dich bedrohten.« Da sprach die Bildsäule: »Holt den Schmied Focus, denn dieser sündigt nicht allein alle Tage wider das Gesetz, sondern hat gegen mich auch Drohungen ausgestoßen!« Da ergriffen ihn jene und führten ihn vor den Kaiser. Da sprach dieser zu ihm: »Mein Lieber, was ist es, was ich von dir höre? Warum verletzt du denn das gegebene Gesetz?« Jener aber versetzte: »Herr, ich kann das Gebot nicht halten, denn ich brauche jeden Tag acht Denare, und ohne zu arbeiten, kann ich selbige nicht verdienen.« Da versetzte der Kaiser: »Und weshalb acht Denare?« Der aber sprach: »Ich bin gehalten, jeden Tag im Jahre zwei Denare zu bezahlen, die ich in meiner Jugend geliehen habe; zwei verleihe ich, zwei verliere ich und zwei gebe ich aus.« Da sagte der Kaiser: »Du mußt dich hierüber deutlicher gegen mich aussprechen.« Darauf versetzte der Schmied: »Zwei Denare muß ich jeden Tag meinem Vater auszahlen, weil derselbe, da ich noch ein kleiner Knabe war, jeden Tag zwei Denare für mich ausgegeben hat. Nun befindet sich mein Vater jetzt in Dürftigkeit, also befiehlt mir meine Vernunft, daß ich ihm alle Tage zwei Denare gebe. Zwei andere Denare leihe ich meinem Sohne, der jetzt noch in der Lehre ist, auf daß, wenn es mir geschieht, daß ich in Armut gerate, er mir einst jene zwei Denare wiedergeben kann, wie ich es jetzt mit meinem Vater mache. Zwei andere Denare bezahle ich jeden Tag für meine Frau. Da diese mir aber entgegen, eigenwillig und hinterlistig ist, so verliere ich aus diesen drei Gründen alles, was ich ihr gebe. Zwei andere Denare endlich gebe ich für mich selbst an Speisen und Getränken aus. Leichter kann ich also auf gute Weise durchaus nicht durchkommen und ebensowenig diese Denare ohne beständige Anstrengung erhalten. Ihr habt jetzt meinen Grund gehört, fällt also ein gerechtes Urteil.« Da sagte der Kaiser: »Mein Lieber, du hast dich gut verantwortet, gehe hin und arbeite treulich nach deiner Weise.« Nachher starb aber der Kaiser schnell, und der Schmied Focus wurde von allen wegen seiner Klugheit zum Kaiser erwählt, und er verwaltete auch sein Reich auf ganz verständige Weise; als er aber gestorben war, so wurde auch sein Bild mit unter den andern Kaisern abgezeichnet, über seinem Kopf aber seine acht Denare.

Hermann Hesse
Die Gesta Romanorum

Die Gesta Romanorum sind eine Sammlung von Erzählungen, Legenden und Anekdoten, von Geistlichen mit moralischen Nutzanwendungen versehen, welche im späteren Mittelalter in ganz Europa als unterhaltende und erbauliche Lektüre sehr verbreitet waren. Ursprünglich waren wohl alle diese Geschichten, wie der Titel sagt, der römischen Geschichte und Sage entnommen, mit der Zeit kam eine Reihe von späteren Anekdoten und Heiligenlegenden hinzu.

Der Verfasser oder Kompilator sowie die Heimat dieses seltsamen und einflußreichen Buches ist unbekannt. Es gibt nicht viele wichtige Werke der älteren Literatur, über welche so viel geforscht und geschrieben wurde und über die man doch so erstaunlich wenig weiß. Für Mutmaßungen ist hier nicht der Ort; es sei darum in kürzesten Worten das Wenige mitgeteilt, was wir über die Gesta Romanorum wirklich wissen.

Die älteste Handschrift der lateinischen Gesta Romanorum ist englischer Herkunft und stammt aus dem Jahre 1342. Von da bis zu Beginn des 16. Jahrhunderts finden sich sehr zahlreiche, meist lateinische Handschriften, die alle untereinander sehr stark abweichen, daneben einige englische und deutsche Übersetzungen oder Nachbildungen, die zum Teil Neues enthalten, während die Übersetzungen in andre Sprachen nur Wiedergaben der lateinischen Texte sind. Man nimmt nun an, die Gesta seien nach 1300 in England oder Deutschland entstanden; über den Urheber ist nichts bekannt, die paar gelehrten Vermutungen hierüber sind ohne Überzeugungskraft. Gewiß ist nur, daß das moralische Anekdotenbuch sich überall, besonders aber in Deutschland, einer großen Beliebtheit erfreute, sehr viele Male abgeschrieben, bearbeitet, gedruckt wurde. Mit der Reformation verschwindet es allmählich, und ein Teil seiner beliebtesten Stoffe ging in die damaligen frühen Fassungen der sogenannten deutschen Volksbücher über. Von der Mitte des 16. Jahrhunderts an, wenn nicht früher, scheinen die Gesta rasch in Vergessenheit gesunken zu sein.

Die Übersetzung, die wir vorlegen, stammt von Johann Georg Theodor Graesse und ist zuerst im Jahre 1842 erschienen. Versuchsweise habe ich auch eine alte deutsche Übersetzung, aus dem 15. Jahrhundert, verglichen. Aber es schien mir für einen Dichter unsrer Tage keine wünschenswerte Aufgabe, eine archaisierende Nachbildung jenes alten deutschen Textes herzustellen; auch scheint mir die Übersetzung Graesses durchaus lesbar, treu und gar nicht ohne Reiz zu sein, und so begnügte ich mich mit einer Auswahl aus Graesses Text. Gewählt wurde natürlich nicht nach moralischen Werten, sondern rein nach der Schönheit der Erzählungen, wobei weder auf die Liebhaber von Pikanterien noch auf prüde Seelen besonders Rücksicht genommen wurde. Die Auswahl der Erzählungen, die Schaffung neuer Überschriften und die schonende Kürzung einiger weniger allzu umfangreicher Geschichten stellen meine persönliche Arbeit dar; alles übrige ist wörtlich von Graesse übernommen. Gelehrte der neueren Zeit, unter denen Oesterley als bester Kenner genannt sei, haben gelegentlich ein wenig mißachtend über Graesse gesprochen; ihr Urteil mag gerecht sein, soweit es den Graesseschen Mutmaßungen über Herkunft und Autor der Gesta gilt – über seine Übersetzung wüßte ich nur Lobendes zu sagen.

Die lateinische Literatur des deutschen und englischen Mittelalters ist überaus wenig mehr bekannt. [...] Ich habe bei meinen Kürzungen einige Male die »Moralen« der mönchischen Bearbeiter schonungslos behandelt; meine Liebe zu dieser reichen mittelalterlichen Welt gilt keineswegs den kirchlich-klerikalen Tendenzen, sondern ihren Stoffen, ihrer tiefen Phantasie und hellen Anschaulichkeit, ihrer warmen und schönen Menschlichkeit. Die Zeit ist noch ferne, wo die wunderbaren Sagen des französischen, englischen, deutschen Mittelalters uns wieder in ihrer Reinheit zu eigen wären; wir kennen Siegfried und Parzival, Tristan und Lohengrin allzusehr nur vom Theater her. Aber wir werden sie wiederfinden, sie werden wieder Eigentum der Lesenden, Stoffe der Dichter werden, und je klarer wir uns im Herzen vom Geruch des Weihrauchs und der Scheiterhaufen abwenden, desto eher werden uns die davon unberührten Seelenwerte jener dunklen Jahrhunderte und ihrer Dichtung wieder zu eigen gehören. (1914)

Aus den Nacherzählungen alter deutscher Versdichtungen von Leo Greiner

Helmbrecht

Eines Bauern Sohn, nach seinem Vater, dem Meier, gleichfalls Helmbrecht genannt, besaß das herrlichste Haar: blond und üppig fiel es ihm in vollem Gelock über die Achseln, gefangen in einer haubenartigen Mütze, auf der allerlei kostbares Bildwerk zu sehen war: vom Hinterkopf bis an den Scheitel war da mannigfaltiges Gevögel darauf genäht, Sittiche und Tauben, als ob sie geradeswegs aus dem Spessart auf die Mütze geflogen wären. Am rechten Ohr war die Belagerung und der Fall Trojas abgebildet, mit mancherlei sinkenden Türmen und stürzenden Steinmauern, daneben Äneas' Flucht zur See in den Schiffen. Auf der linken Seite wieder erblickte man Karl, Roland, Turpin und Olivier, die vier Kampfgesellen, wie sie Wundertaten wider die Heiden verrichten. In der Mitte aber, zwischen dem linken und rechten Ohr, befand sich auf dem Bräm, von glänzender Seide genäht, ein Kranz: darinnen sah man einen Tanz, von der Art, wie sie heute noch üblich sind, gar lieblich dargestellt: ein Ritter hält zwei Frauen, ein Knappe zwei Mädchen an den Händen, daneben eine Gruppe von Fiedlern. Diese wunderbare Mütze hatte eine Nonne genäht, die, vom Zauber der Welt verlockt, aus ihrer Zelle entlaufen war. Helmbrechts Schwester Gotlinde hatte ihr, als sie sah, wie unter ihren kunstfertigen Händen all das kostbare Zierwerk entstand, eine Kuh dafür geboten, die Mutter ihr manches Zweierstück, Käse und Eier zugesteckt; sicherlich hatte die Nonne vordem, als sie noch nach dem Refektorium ging, nie so viele Eier aufgebrochen und Käse verschmaust wie nun als eine Landflüchtige.

So trug auch wohl kein elender Bauernknecht je eine so herrliche Mütze wie dieser junge, wilde Helmbrecht. Aber damit nicht genug, schenkte ihm seine Schwester noch eine Menge zarten weißen Linnens, das war so haarfein gewebt, daß wohl sieben Weber davongelaufen waren, ehe es fertig wurde. Dazu gab ihm die Mutter schönes Wollenzeug von der köstlichsten Art, einen glänzenden Pelz von Waldtierfellen, zwei Gewänder, Kettenwams und Schwert, danach noch den Dolch und eine breite Tasche. Als sie den Burschen so ausgestattet hatten, war er unzufrieden und sprach: »Mutter, ich muß noch einen Oberrock darüber haben, das ertrüg ich nicht, blieb ich ohne den. Aber so kostbar muß er sein, daß, wenn ihn dein Auge erblickt, dir das Herz vor der Pracht deines Sohnes erzittert, wenn du mich über Land fahren siehst.« Sie hatte noch ein Röcklein zusammengelegt im Schrank, das holte sie nun hervor und gab es ihm. Dazu kaufte sie blaues Tuch und ließ ihm einen Oberrock herstellen, daß nie ein Meier zwischen Wels und dem Traunberg je köstlichere Arbeit auf dem Leibe trug: das Rückgrat entlang vom Gürtel bis an den Nacken stand ein Knöpflein neben dem andern, allesamt rot vergoldet, desgleichen vorne herab, aber silberweiß, vom Kragen bis an den Gürtelschluß. Drei kristallene Knöpfe, weder zu klein noch zu groß, dienten ihm als Busenschließe, dazu war seine ganze Brust mit Knöpflein bestreut, gelben, braunen, grauen, blauen, roten, schwarzen und weißen, die sah man schon von ferne glänzen und blitzen. Da blickten ihn Frauen und Mädchen gar lieblich an, wenn er zum Tanze ging. Die Naht, wo der Ärmel an das Brustteil schließt, trug er ganz und gar mit Glöcklein behangen, die huben laut zu schellen an, wenn er in den Reigen sprang, daß es den Weibern gar hell in die Ohren klang. Mutter und Tochter hatten manches Huhn und Ei verkaufen müssen, ehe sie so viel gewannen, um dem Stolzen auch noch Hosen und Stiefelschäfte zu kaufen.

»Mir steht der Sinn danach, zu Hofe zu gehen«, sagte Helmbrecht zu seinem Vater. »Mutter und Schwester haben mir reichlich gegeben, darob ich ihnen Zeit meines Lebens hold sein will. Doch nun, lieber Vater, ist die Reihe an dir!« Den Alten bekümmerte diese Rede, höhnend sprach er zu seinem Sohne: »Ei, soll ich dir zu den Kleidern noch einen schnellen Hengst geben, der lange läuft und über Zäune und Gräben springt, damit du nicht am Ende gar zu Fuße bei Hof ankommst? Lieber Sohn, laß ab von dieser Fahrt! Das höfische Wesen ist hart für den, der nicht von Kindheit an darin gelebt hat. Leiste mir, so leist' ich dir! Leite das Ackergespann, führe den Pflug, baue die Hufe! So wirst du mit Ehren zur Grube fahren gleich mir.«

Da entgegnete der Sohn: »Schweig und laß ab von solchen Reden! Es ist nichts mehr daran zu ändern: ich will, so wahr Gott mir helfe, sehen, wie es dort bei Hofe schmeckt. Sollen deine Säcke meinen Kragen reiten? Soll ich Mist fassen auf deinen Wagen? Daß Gott mich hasse, wenn ich je noch deine Ochsen joche oder dir den Hafer säe, das schickte sich schlecht für meine langen gelben Haare und zierlichen Locken, meine prächtigen Röcke und die kostbare Mütze mit den Tauben, von Frauenhänden darauf genäht.« »O bleibe bei mir!« erwiderte der Vater, »Meier Ruprecht will dir sein Kind zum Weibe geben, dazu Schafe, Schweine und Rinder, alte und junge die Menge! Bei Hofe wirst du nur Hunger leiden und hart daniederliegen, denn glaube mir, es gelingt keinem, der sich wider seinen Stand empört. Dein Stand aber ist der Pflug, und so würdest du bloß den wirklichen Hofleuten zum Spotte dienen, daß du, ein Bauer, dich unter sie mischen willst!« »Hei!« fiel ihm der Sohn in die Rede, »hätt' ich nur ein Pferd, an höfischen Sitten traut' ich mich hinter keinem zurückzustehen, der von je am Hofe gewesen. Wer, der die glänzende Mütze auf meinem Haupte sieht, verschwüre es nicht mit tausend Eiden, daß ich Euch je das Ackergespann geleitet und den Pflug durch die Furchen geführt? Wer merkt noch, daß ich das Korn auf der Tenne drosch oder Stecken in die Erde stieß, für Euch oder einen andern, wenn ich die Kleider anlege, die Mutter und Schwester mir geschenkt? Steck' ich Fuß und Beine in meine prächtigen Hosen und die Schuhe von Korrun, so ist keiner, der mir ansähe, daß ich einmal Zäune geflochten! Glaubt mir, dem Meier Ruprecht zum Eidam taug' ich nicht. Soll ich mich gar um Weiber verliegen?«

»Höre mich, Sohn«, rief der Vater. »Wenn du einem geborenen Hofmann gleichen willst, so wird er dich darum mit Haß verfolgen. Wenn ein rechter Hofmann einem Bauern alles nähme, was er je erwarb, zuletzt ist der Sieg doch sein. Wenn du aber einem Hofmann nur ein Häufchen Futter nimmst, flugs ist er über dir, macht dich zum Bürgen und Pfand für alles, was ihm je genommen worden, und erschlägt dich um deinen Raub!« »Laß es gehen, wie es gehen mag«, erwiderte der Sohn, »ich ziehe. Mögen doch deine andern Söhne sich mit Pflügen mühen, vor mir soll nur noch das Gebrüll der Rinder erschallen, die ich um die Ecke treibe. Was hindert mich denn außer diesem elenden Roß, daß ich nicht mit meinen Gesellen dahinsause und die Bauern am Haare um die Hecken schleife? Wenn ich nun drei Jahre lang ein Fohlen oder ein Rind zöge, um einen mageren Gewinst zu erzielen, was sollte das mir? Ich will rauben alle Tage, wohl leben und meinen Leib vorm Winterfrost schützen, drum gib mir endlich das Pferd, um das ich dich bitte.«

So blieb denn dem Vater nichts zu tun übrig, als ihm den Hengst zu kaufen, um den er dreißig Lagen vom besten Loden, vier Kühe, zwei Ochsen, zwei Stiere und vier Scheffel Kornes gab. Als der Sohn nun fahrtbereit war, warf er den Kopf und prüfte mit dem Blicke seine beiden Achseln: »Mir ist so wild zumut, ich könnte Steine durchbeißen, hei, was Eisens möcht' ich mit meinen Zähnen zermalmen! Der Kaiser nähm' es als Gewinn, fing' ich ihn nicht, schleppte und schatzte ihn bis in den Schlund! Denn nun geht es quer durch die Welt, den Blick gradaus in den Zufall gerichtet! Gebt mich frei, Vater, denn es ist Zeit für mich, nun zu wachsen, wie ich will und muß!« »Wohl, so sollst du frei sein«, rief der Vater ihm zu, »aber gib acht auf deine Mütze und die seidenen Tauben, daß sie dir nicht zerrissen werden und zerrauft dein langes, gelbes Haar! Einmal, fürcht' ich, wirst du noch an einem Stabe gehen und ein Knabe wird dich führen! Nochmals beschwör ich dich, lebe, wovon ich lebe und was dir deine Mutter gibt! Trink Wasser, ehe du mit Raube Wein kaufst! Fülle dir den Schlund mit Brei, wie ihn deine Mutter kocht, eh' du ein gestohlenes Pferd um eine Gans gibst! Iß lieber Roggen mit Hafer in Ehren, als Fische in Unehren! Folgst du mir, so wirst du klug sein. Tust du's nicht, so fahr dahin!«

Da entgegnete der Sohn: »Wenn du Wasser trinkst, so will ich Wein trinken. Wenn du Brei ißt, so will ich gesottene Hühner essen und weißes feines Brot. Das ist für mich, der Hafer für dich. Zu Rom kann man im

Taufbuch lesen, jedes Kind gewinne früh eine Tugend von seinem Paten: mein Pate war ein edler Ritter, glückselig, daß ich von ihm so edel und hoffärtigen Sinnes geworden. Ja mein Mut ist unstet, meine Mütze, mein Haar, mein Kleid lassen mich nicht ruhen und jagen mich von hinnen. Sie sollen beim Tanze leuchten, nicht aber schmutzig werden hinter Egge und Pflug, daß ich mich schämen muß, reich' ich edlen Frauen die Hand zum Tanze!« »Ei willst du edel sein, so tue edel!« rief der Alte. »Lebe in Arbeit, so wird arm und reich, Wolf und Aar und alle Kreatur der Erde dein genießen! Von Bauernwerk schmücken sich die Frauen des Adels, Bauernwerk krönt die Könige!« Aber Helmbrecht antwortete ihm ungeduldig und verwies ihm mit wildem Hohne seine Predigt. Da erschrak der Vater und hub seine Hände gen Himmel: »Mir träumte ein Traum!« rief er aus, »deute mir ihn, wenn du doch so weise bist! Du hattest zwei brennende Lichter in den Händen, die leuchteten mit ihrem Scheine weit über das Land. Dann plötzlich sah ich wieder einen Mann dahinwandern, der war blind. Mit einem Fuße ging er auf der Erde, sein anderes Knie aber lag auf einer Stelze, und ein Armstummel ragte ihm aus dem Rock. Nun frage ich dich, wie deutest du das?« »Ei das deut' ich«, erwiderte lachend der Sohn, »daß ich Glück und Heil, Reichtum und aller Freuden Maß erwerben soll!« »So erkläre mir noch dies: mir träumte, du flogst hoch über einen Wald, aber die eine Schwinge hatten sie dir abgeschnitten. O weh deinen armen Füßen, deinen Händen und Augen! Denn all dies war nichts vor dem Gesicht, das nun aus meinen Träumen tauchte: Du schwebtest hoch an einem Baume, es ging wohl anderthalb Klafter unter dir in die Tiefe bis ans Gras. Ob deinem Haupte aber zu beiden Seiten saß hier ein Rabe, dort eine Krähe auf dem Ast und strählten dir das Haar. Wüst stand es dir vom Kopfe: Rabe und Krähe hackten dir's aus. Wehe über den Traum, wehe über den Baum, wehe, wehe über Kräh' und Rabe!« »Beim Namen Christi«, erwiderte Helmbrecht, »sollt' ich mich gar vor Euren blassen Träumen fürchten? Von meinem Sinne laß ich nicht, und wär's mein Tod! Behüt' dich Gott, Vater, behüt' dich Gott, Mutter, Euren Kindern kann nichts als Heil widerfahren. Möge Gott über uns alle seine Hände halten!« Damit nahm er Abschied, wandte sein Roß und ritt schnell durch das Gatter.

Es brauchte wohl dreier Tage oder einer ganzen Woche, wollte man alles erzählen, was ihm auf seiner Fahrt durch die Länder widerfuhr. Eines Tages kam er auf eine Burg geritten, deren Herr ununterbrochen in Fehden verwickelt war, so daß er gerne Leute behielt, die frisch zu reiten und sich mit allerlei Feinden herumzuschlagen wagten. Dort stand der Jüngling ein und war bald der Rascheste von allen, wo es zu rauben galt; wenn die andern etwas liegen ließen, er stieß es sicher in seinen Sack. Rauh oder glatt, grade oder krumm, nichts war ihm zu gering zum Raube. Das Roß nahm er samt dem Rind, das Wams samt dem Schwert, den Mantel samt dem Rock, den Bock samt der Geiß, das Schaf samt dem Widder, daß dem Beraubten auch nicht eines Löffels Wert in Händen blieb. Den Weibern zog er Pelz, Mantel, Rock und Hemd vom Leibe und schwoll von Tag zu Tag mehr vor Hoffart, da das beste Teil stets ihm zufiel, wo immer es einen Raubzug gab. So blies ihm das erste Jahr der Wind gar freundlich in die Segel, und sein Schifflein schwamm munter den Strom hinab. Dann aber reizte es ihn, wieder einmal nach Hause zu kehren, um sich vor seinen Verwandten zu zeigen. So nahm er denn Abschied vom Herrn und seinen Gesellen, befahl sie Gottes Hut und begab sich auf den Heimweg.

Als er in sein Heimatdorf einritt, ging man ihm nicht etwa entgegen, nein, man lief, drängte und überstürzte sich. Vater und Mutter sprangen, als ob ihnen ein Kalb verendete, und jeder wollte der erste sein, das Botenbrot zu verdienen. Magd und Knecht rief nicht etwa: »Gott grüß dich, Helmbrecht!«, sondern: »Ei, Herr Junker, seid uns gottwillkommen!« Seine Schwester lief ihm entgegen und preßte ihn in ihre Arme. Da er schnell weiterritt, zogen die Alten hinter dem Rosse drein und empfingen ihn erst an der Tür, als ob sie einen Fürsten begrüßten. Indessen war er immer stolz auf seinem Rosse gesessen. Der Menge dankte er in einer verderbten Sprache: »Gott schütze Euch, liebe Kindekens!«, der Schwester lateinisch: »Gratia vester!«, dem Vater auf Romanisch: »Deus sal!«, der Mutter gar auf Böhmisch: »Dobra ytra!« Darob sahen die beiden Alten verdutzt einander an: »Er kann unser Sohn nicht sein«, sagten sie, »eine gewaltige Ähnlichkeit verwirrt uns die Sinne.« »Er ist ein Böhme oder ein Wende«, meinte die Mutter. »Wenn es nicht ein Walache ist«, erwiderte der Vater. »Ei«, mengte die Schwester sich ein, »als ich ihn umarmte, dankte er mir auf Lateinisch! und ich hielt ihn für einen Pfaffen.« Aber der Freiknecht rief: »Uns hat er mit ›Liebe Kindekens!‹ begrüßt, ich will des Satans sein, wenn er nicht von Sachsen oder Brabant daherkommt!«

Da trat der Vater auf ihn zu und fragte ihn schlecht und recht: »Bist du's, mein Sohn Helmbrecht? Sprich ein Wort nach unserer und der Väter Sitte, daß ich's verstehen mag! Du sagst immer: Deus sal!, daß ich nicht weiß, was ich damit beginnen soll. Sprich ein deutsch Wörtlein, Helmbrecht, so will ich selbst dein Pferd abwischen, so wahr Gott dir helfe!« »Ei«, erwiderte er, »wat snakt je dor, Buer, und dies Schandwif dor? Mir sall, weet Gott, kein Buersmann min Pert und minen adligen Lif angripen!« Da erschrak der Wirt noch mehr und rief: »Bist du's, mein Sohn Helmbrecht, so will ich dir ein Huhn braten und eines sieden, das sei dir ohne Falsch gesagt. Bist du's aber nicht und seid Ihr ein Böhme oder Wende, dann zieht Eures Weges, Junker, und pocht bei Euresgleichen an! Für Euch ist weder Met noch Wein an meinem Tisch zu holen!«

Indessen aber war es spät geworden, und der Ankömmling bedachte, daß kein Wirt in der Nähe sei, wo er nächtigen könnte. So entschloß er sich denn und sagte: »In Gottes Namen, ich will in Eurer Sprache mit Euch reden und Euch sagen, wer ich bin.« »Wer bist du?« fragte der Alte. »Der Euren Namen trägt.« – »So nennt mir den Namen!« – »Helmbrecht heiß' ich, Euer Sohn, und noch vor einem Jahre Euer Knecht!« – »Was Ihr?« – »Ich bin es.« – »So sagt mir an: wie heißen meine vier Ochsen mit Namen?« – »Das sollt Ihr erfahren, denn ich pflegte sie einst und schwang meine Geißel über sie: Ur heißt der eine, dessen brauchte der wackerste Bauer sich nicht zu schämen; Räme der andere, kein besserer wurde je gejocht; Erge der dritte, bin ich nicht klug, daß ich sie so fein zu nennen weiß? Sonne der vierte, aber nun auf das Tor vor mir!« Da rief der Vater: »Tür und Tor, nicht länger sollst du mehr warten. Bett und Schrein, alles steht offen für dich!« Da wurde er denn gleich einem Fürsten bewirtet: das Pferd ward entschirrt, der Vater selbst trug ihm das hochgehäufte Futter hin. Die Mutter rief eilfertig ihrer Tochter zu: »Lauf, was du kannst, hol' und reiche Polster und weiche Kissen!« Die legten sie ihm unter den Arm an den warmen Ofen, daß er sanft schliefe, bis das Essen fertig würde. Als es dann so weit war, er sich ausgeschlafen und die Hände gewaschen hatte, wurde das Essen aufgetragen. Da gab es fein geschnittenes Kraut mit beiderlei Fleisch, fettem und magerem, fetten, mürben Käse, eine gemästete Gans, überm Feuer am Spieße gebraten und groß wie eine Trappe, ein gesottenes Huhn, ein gebratenes Huhn und noch vielerlei köstliche Speisen, wie nie eines Bauern Tisch sie gesehen. »Hätt' ich Wein«, sagte der Vater, »heut' müßt' er getrunken sein! Aber wir haben einen Quell im Hof, der hat nicht seinesgleichen im Land, es wäre denn der zu Laubenbach.« »Aber den bringt uns leider keiner her«, setzte er verlegen scherzend hinzu.

Als abgegessen war, konnte der Alte sich nicht enthalten und fragte eifrig, wie es denn bei Hofe zugehe? »Einst«, sagte er, »als dein Großvater selig, der Meier Helmbrecht, noch lebte, sandte er mich mehr als einmal zu Hofe, um Käse und Eier abzugeben, da sah ich mancherlei, wie es zu meiner Zeit dort herging. Die Ritter waren schön und fröhlich und kannten kein Arg. Da hatten sie zum Beispiel eine Sitte, durch die sie sich bei den Frauen beliebt machen wollten, das nannten sie Buhurdieren, wie mir einer dort sagte, als ich den Namen davon wissen wollte. Das machten sie so, daß sie daherfuhren, als ob sie irrsinnig geworden wären, aber ich hörte stets nur, daß sie darum sehr gelobt wurden. Eine Schar fuhr her, die andere hin, einer kam daher und noch einer und wollten einen Dritten stoßen. Außerdem hatten sie auch einen Tanz, den schritten sie unter weithin schallendem Gesang. Dann kam ein Spielmann und hob die Geige. Da standen die Frauen auf, die gar lieblich anzusehen waren, gingen auf die Ritter zu und nahmen sie bei den Händen. Das muß ihnen gar wonnig gewesen sein! Denn die Ritter gefielen den Frauen und die Frauen den Rittern, und Junker und Mädchen tanzten fröhlich im Kreis. Wenn sie dessen dann überdrüssig waren, so kam einer und las ihnen die Mär vom Herzog Ernst, wie sie ihn nannten, und das machte allen ein großes Vergnügen. Der eine schoß mit dem Bogen nach der Scheibe, der andere ritt zu seiner Lust, ein Dritter wieder ging auf die Pürsch. Es war ein goldenes Leben bei Hofe zu jener Zeit.«

»Ei«, erwiderte der Sohn, »heut' gilt es anders reden, will man recht in höfischen Dingen tun. Trink, heißt es nun, trinkst du dies, so trink ich das, so wird es uns wohl ergehen. Schaff Wein, Wirt, vom besten, das ist unsere Sorge bei Tag und Nacht. Süße Schenkin, schreiben wir unsern Liebesbrief, füll' uns die Kanne bis zum Rand! Ein Narr und Affe, der den Wein um Weiber gibt. Die so lebten, wie Ihr sagt, sind lang mit Schimpf und Schande in den Bann gejagt und nicht weniger verfemt wie der Henker.« – »Aber haben sie ihren Kampfruf noch: ›Heia, Ritter, seid doch fröhlich‹?« fragte der Alte. »Ei, was nicht gar«, erwiderte der Sohn. »Heut' heißt der Kampfruf: Jage, Ritter, jage, jag, stich, stich, schlag, schlag, stümmle den, hau den Fuß fort, schlag die Hand ab, henke diesen, fange jenen, denn er ist reich und hat wohl hundert Pfund bei sich.« »Aber nun will ich schlafen gehen«, setzte er hinzu, da das Gespräch ihn langweilte, »ich bin lang geritten und bedarf der Ruhe.« Sogleich taten sie, wie er geboten hatte, und Schwester Gotlinde breitete ihm, da sie Leilachen nicht kannten, ein frisch gewaschenes Hemd über das Bett, in dem er bis hoch in den Tag hinein schlief.

Es war nur billig, daß er am nächsten Morgen die Herrlichkeiten verteilte, die er für Vater, Mutter und Schwester von Hofe mitgebracht. Dem Vater machte er einen Wetzstein, eine Sense, ein Beil und eine Holzhacke zum Geschenk – hei, welche Kleinodien für einen Bauer! Die Mutter erhielt einen Fuchspelz, den er einem Pfaffen abgezogen, Gotlinde eine seidene Schärpe, die bei einem Krämer gestohlen war, der Knecht seine Riemenschuhe, die er nicht anzuziehen verstand, und die Magd ein Kopftuch und ein rotes Band, die sie beide just höchst nötig hatte. Als eine Woche verstrichen war, daß er bei dem Vater weilte, dünkte es ihn, als habe er schon ein ganzes Jahr ohne Rauben gelebt. Er wollte Abschied nehmen, aber der Vater hielt ihn zurück. »Bleib, lieber Sohn«, sagte er, »du brauchst nichts zu tun, als dir die Hände waschen, ich will dir alles geben, dessen du bedarfst. Ist dies nicht besser, als abends und morgens reiten müssen in Sorge und Furcht, daß nicht ein Feind dich fange, verstümmle oder henke?« »Ei, Vater«, entgegnete er, »schön Dank für Trank und Speise! Aber seit ich keinen Wein getrunken habe, schnür' ich den Gürtel drei Löcher enger, da braucht's Rinder, Vater, eh' mir der Gürtel wieder steht wie zuvor. Ich weiß da irgendwo einen

Richter, an dem hab' ich noch ein schweres Leid zu rächen, das er mir angetan. Ritt er mir da nicht eines Tages mitten in meines Paten Saatfeld hinein? Aber er soll mir's büßen, wenn ich ihm Rinder, Schafe und Schweine laufen mache. Dann ist da noch ein Zweiter, ein Reicher, den sah ich mit eigenen Augen Brot zu Krapfen essen. Hol' mich der Teufel, wenn er mir's nicht entgilt! Aber wenn ich selbst diese beiden laufen ließe, da weiß ich mir einen Dritten, für den könnt' ein Bischof beten und es hülfe ihm nichts!« »Was hat er dir denn getan?« fragte der Vater. »Ei, er ließ den Gürtel herab, als er bei Tische saß! Hat man dergleichen je gehört? Aber wenn ich ihm für diese Unbill nicht Pflug und Wagen ausspanne und mir ein hübsches Kleid darum zu Weihnachten kaufe, so nennt mich einen Feigling! Was meint er denn, wie man's treibt, er alter Gauch? Einer blies gar den Schaum vom Biere – soll ich mir das gefallen lassen? Bald sollst du von Helmbrecht Märe hören, daß weite Höfe leer geworden sind. Find' ich den Mann nicht, nun, so find' ich wenigstens seine Rinder!« Der Vater erschrak ob dieser Rede: »Um Gottes willen, Sohn«, rief er, »wer sind die bösen Gesellen, die dich lehrten, den Leuten ihre Habe wegnehmen, weil sie Brot zu den Krapfen essen?« »Gute Lehrmeister, Vater«, erwiderte er. »Da sind zum Beispiel Lämmerschlind und Schlickenwidder, dann Höllensack und Rüttelschrein, Kühfraß und Müschenkelch, alle sechs die trefflichsten Zuchtmeister von der Welt. Kennst du meinen Gesellen Wolfsgaum? Ich sage dir, dem sind seine Muhmen, Basen, Oheime und Vettern so lieb, er ließe ihnen nicht einen Faden am Leibe, und wär' es Hornungswetter! Und dann erst mein Gesell Wolfsdrüssel! Der braucht nur in die Nähe zu kommen, so springen Schlösser und Riegel von selber auf. Hundert Schlösser hab' ich selbst gezählt, die er so ohne Schlüssel aufschloß! Weißt du mir einen höfischeren Namen als Wolfsdarm? Der so heißt, hat ihn von der edlen Herzogin aller Diebe und Landstreicher Hilarie von Navarra persönlich bekommen. Hei, das ist mir noch ein lustiger Gesell! Der wird dir des Raubes nimmer voll, weiß Gott, den zieht's zum Bösen wie die Krähe nach der Saat.« »Und wie nennen deine Freunde dich, wenn sie dich rufen wollen?« fragte der Vater. »Kennt Ihr mich nicht?« erwiderte Helmbrecht. »Schlinzgau bin ich, der Bauern Schreck. Ihre Kinder müssen von dem Wasser essen, das ich koche. Dem quetsch' ich das Auge aus, diesem zerschlag' ich den Rücken, den bind' ich in den Ameisenstock, jenem reiß' ich mit Zangen das Haar aus dem Bart, zieh' ihm die Kopfhaut ab, zermalm' ihm die Glieder, häng' ihn an den Flechsen auf den nächsten Baum! Wo unser zehne reiten, mögen zwanzig kommen! Unser ist alles, was dem Bauer gehört.«

»Die du da nennst«, sagte der Vater, »du kennst sie wohl besser als ich. Aber wie wild sie immer sein mögen, dies sage ich dir: Wenn Gott selbst es will, so kann ein einziger Scherge machen, daß sie ihm zu Willen gehen müssen, und wären es ihrer dreimal so viele!« – »Gut, so will ich, und bäten mich alle Könige darum, nicht länger tun, was ich bisher für dich getan habe«, rief der Sohn. »Gänse, Hühner, Rinder, Käse und Futter hab' ich dir bis heute gefriedet, aber das soll fürderhin anders sein. Wie, willst du frommen Knappen an ihre Ehre reden, die nie um eines Haares Breite von dem Weg gewichen, der ihnen recht und gut erschien? Denn Rauben heißt das Rechte und Stehlen das Gute. Wahrlich, hättet Ihr's nicht verschwatzt und uns nicht so heftig verunglimpft, ich hätte Eure Tochter Gotlinde meinem Gesellen Lämmerschlind zur Frau gegeben. Da würde sie, weiß Gott, das beste Leben gehabt haben, das je ein Weib an eines Mannes Seite gewann. Pelze, Mäntel und Leinen, die schönsten, die man im Reiche findet, hätt' er ihr die Fülle gegeben. Und hätte sie allwöchentlich ein springjunges Schlagrind zum Essen haben wollen, er würde ihr's nicht geweigert haben. Als mich Lämmerschlind zuerst um dich bat, Schwesterlein Gotlinde, sagt' ich ihm sogleich: ›Keine Furcht, mit Euch zweien ist es so bestellt, daß keins von Euch es zu bereuen haben wird. Glaub', die läßt dich nicht lange baumeln, wenn sie dich henken: mit ihren eigenen Händen schneidet sie dich ab und schleift dich selbst bis dahin, wo dir das Grab am Kreuzweg gegraben ist, und streut dir Weihrauch und Myrrhen ein ganzes Jahr und ehrt dein Gebein, denn sie ist rein und gütig. Wenn dir Heil widerfährt und sie blenden dich, so nimmt sie dich an der Hand und führt dich Wege und Stege durch alles Land. Schlagen sie dir den Fuß ab, so bringt sie dir jeden Morgen die Stelzen ans Bett. Verlierst du die Hand, so schneidet sie dir das Fleisch und das Brot vor bis an dein Ende.‹ Da entgegnete Lämmerschlind: ›Wenn sie mich nimmt, so will ich ihr drei Säcke, bleischwer, zur Morgengabe geben: in dem einen liegt unverschnittenes Leinen, die Elle zu fünfzehn Heller, wenn's reicht, da soll sie mir die Hände überm Kopf zusammenschlagen. In dem andern gibt's Schleier, Röcklein und Hemden, die kann sie alle tragen wie eine Freifrau. Der dritte Sack ist auch nicht übel gestellt und über und drüber gestopft mit niederländischem Tuch, feinem Zeug, Bunt- und Edelpelzen, davon sind zwei mit Scharlach überzogen und einer von schwarzem Zobel. Das alles hab' ich in einer Bergschlucht versteckt, und es soll ihr gehören an dem Tage, da sie mich nimmt.‹ Ach, Schwester, all die Schätze hat dir nun dein Vater mit seinem Geschwätze verscherzt! Wie schmerzt es mich, wenn ich denke, wie du nun als eines Bauern armseliges Weib nähen, dengeln, schwingen und Rüben graben wirst und widerwillig in gemeinem Bette bei ihm liegen. Verflucht sei dein Vater, daß er dir dies angetan hat! Wahrlich, der meine ist er nicht, denn als meine Mutter mich fünfzehn Wochen trug, kroch ein feiner Edelmann zu ihr ins Bett und gab mir, gleich meinem Paten, den hochmütigen Sinn zum Erbe mit.« »Wahr«, rief die Schwester, »glaube mir, auch ich bin nicht sein rechtes Kind! Ein hübscher Ritter lag bei meiner Mutter, zur Zeit, als sie mich auf dem Arme trug, der hatte sie gefangen, als sie einmal des Abends spät in den Wald ging, Kälber zu suchen. Denn auch mein Sinn ist hochgemut, viel lieber Bruder Schlinzgau, daß Gott dir Freude gebe.« Dann setzte sie heimlich hinzu: »Nun schaffe, daß Lämmerschlind mein Mann wird, dann brodelt mir die Pfanne, ist mein Wein gelesen, mein Bier gebraut, mein Korn gemahlen und der Schrein gefüllt. Hab' ich nur die drei Säcke, so bin ich für immer der Armut frei. Glaube mir, er soll alles an mir finden, was ein Mann von einem starken Weib begehrt. Da man meine Schwester in die Ehe gab, ging sie vielleicht an einem Stabe des Morgens darauf? Nun, ist *sie* nicht daran gestorben, so wird es ja wohl auch *mein* Tod nicht sein. Hör mich an, Bruder, mein lieber Gesell, doch schweige von allem, was ich dir sage: übern Berg führt ein schmaler Weg am Kiefernhang, dort folg ich dir und will Vater und Mutter entlaufen und bei ihm liegen jede Nacht.« Vater und Mutter hörten nichts von dieser Rede. Helmbrecht und Gotlinde aber kamen heimlich überein, wie sie es bewerkstelligen wollten. »Du sollst ihn haben«, sagte Helmbrecht, »und all seinen Reichtum dazu. Ich werde dir einen Boten senden, dem folge, wohin er dich weisen wird. Wir wollen eine glänzende Hochzeit richten, halte dich bereit! Und nun behüte dich Gott, denn ich will fort.«

Er rief der Mutter noch einen Abschiedsgruß zu, ohne des Vaters zu achten, und ritt dahin, woher er gekommen war. Angelangt, erzählte er sogleich Lämmerschlinden, daß Gotlinde gewillt sei, ihn zum Manne zu nehmen. Dafür küßte ihm dieser Hand und Kleid und schnob gegen den Wind, der von Gotlinden wehte.

Dann ging es an die Zurüstungen zur Hochzeit: manche Witwe und Waise wurde da ihrer Habe beraubt und blieb in Elend und Jammer, ehe Held Lämmerschlind und sein Gemahl Gotlinde auf dem Brautstuhl saßen. Das war ein weither gesammeltes Hochzeitsmahl, das sie verzehrten: Tag und Nacht waren die Kempen unterwegs und führten und trieben beladene Wagen und Rosse vor Lämmerschlinds Haus. Als dann alles gerüstet war, sandte Helmbrecht seinen Boten, der im sausenden Ritt Gotlinden zur Hochzeit brachte.

Als Lämmerschlind vernahm, daß sie angekommen war, ging er ihr wunderschnell entgegen und begrüßte sie: »Willkommen, Frau Gotlinde«, sagte er. »Gott lohn Euch, Herr Lämmerschlind«, entgegnete sie. Sie sah auf ihn, er sah auf sie, so begegneten sie sich mit den freundlichsten Blicken und ließen sie gar artig hin- und widerspielen. Lämmerschlind schoß seinen Bolzen gegen Gotlinde, indem er die höflichsten Reden wider sie von Stapel ließ; Gotlinde vergalt es Herrn Lämmerschlind, indem sie auf jungfräuliche Weise ein gleiches tat. Da ertönte plötzlich eine Stimme: »Nun laßt uns zusammengeben: Herrn Lämmerschlind mit Gotlinden und Frau Gotlinde mit Lämmerschlinden.« Ein uralter Greis, der sich auf dergleichen Dinge verstand, erhob sich, hieß sie beide in einen Ring treten und sprach also zu Lämmerschlind: »Wollt Ihr Frau Gotlinden zur Ehefrau nehmen, so sprechet: Ja.« »Gerne«, sagte Lämmerschlind. Da fragte der Alte noch einmal. »Gerne«, sprach der Knappe wieder. »Nehmt Ihr sie gerne?« fragte der Alte zum drittenmal. »Bei meinem Leben, ich nehme sie gerne«, wiederholte Lämmerschlind. Da wandte er sich zu Gotlinden: »Wollt Ihr Lämmerschlind zum Ehemann nehmen?«

»Ja, Herr, wenn es Gottes Wille ist.« »Nehmt Ihr ihn gern?« sagte er zum andernmal. »Gern, Herr, gebt ihn mir nur her!« Da fragte er zum dritten: »Wollt Ihr ihn aber auch wirklich?« »Wirklich, Herr, aber nun hätt' ich ihn schon gern.« Da gab er Gotlinden dem Lämmerschlind und den Lämmerschlind Gotlinden und trat ihr auf den Fuß. Da huben alle zu singen an.

Indessen war das Essen bereitet, bei dem es nicht ohne Amtleute für Braut und Bräutigam abging. Schlinzgau war Marschall und hatte den Rossen den Balg zu füllen. Schlickenwidder war Schenke, Truchseß Höllensack wies den Gästen die Plätze an, Rüttelschrein war Kämmerer, Kühfraß Küchenmeister und hatte die Kuchen, Gebratenes und Gesottenes zu verteilen, Müschenkelch reichte das Brot. Wolfsgaum, Wolfsdrüssel und Wolfsdarm leerten indessen zahllose Schüsseln und Becher, und die Speisen schwanden vor den Gästen, als hätte ein rascher Wind sie vom Tische geweht, daß kaum so viel an den Knochen blieb, als ein Hund davon abnagen möchte. Denn es ist ein weises Wort, daß der Mensch nie so sehr nach Speise giert, als da sein Tod ihm nahe ist.

»Weh mir, lieber Lämmerschlind«, sagte die Braut Gotlinde, »mich graust es in meiner Haut: es müssen fremde Leute nahe sein, die Böses wider uns wollen. Eia, Vater und Mutter, daß ich so ferne von Euch bin! Mir ist das Herz so schwer, denn die Leute sagen, wer zu viel will, dem wird zu wenig gegeben, und Begier stürzt bald in den höllischen Abgrund um ihrer Sünde willen. Wär' ich zu Haus, o wär' ich nie meinem Bruder gefolgt.« Braut und Bräutigam verteilten eben ihre Gaben an die Spielleute, da drang selbfünft der Scherge mit seinen Knechten herein. Das Mahl ward zerschmissen, das Fest zunichte gemacht. Sie retteten sich in den Ofen, unter die Bänke und stießen einander im wüsten Gedränge. Wer den vier Knechten entrann, den schleifte der Scherge selbst am Haar hervor. Alle zehn wurden mit starken Stricken gebunden, auch Gotlinde verlor ihr Brautgewand: man fand sie später an einem Zaun zusammengebrochen liegen. Sie hielt ihre beiden Brüste mit den Händen bedeckt. Was weiter mit ihr geschah, ist nicht bekannt geworden.

So hatte Gott selbst die Rache in die Hand genommen, daß ihnen das Licht erlosch, die Röte vergilbte, und die sonst wohl allein ein Heer geschlagen haben würden, von einem einzigen lahmen Schergen hatten gefangen werden können. Als der Gerichtstag kam, da sie gehängt werden sollten, mußte jeder, seine Diebsbürde auf dem Rücken, die nach Recht dem Schergen zufiel, sich zu der Stätte schleppen. Lämmerschlinden hatten sie die beiden Rindshäute, um die Gotlinde nun betrogen war, an den Hals gebunden, doch hatte er leichter zu tragen als seine Gesellen, wahrscheinlich, weil man den Bräutigam in ihm ehren wollte. Am schwersten aber trug einer, den man mühsam unter der Last dreier Rohhäute vor dem Richter keuchen sah: das war der Schwäher, Herr Schlinzgau Helmbrecht. Fürsprech ward ihnen keiner gegeben, neun von ihnen wurden gehenkt. Aber was geschehen soll, geschieht: der eine, der übrigblieb, war des Schergen rechtmäßiger Anteil an dem Fang und wurde ihm übergeben, daß er nach freiem Willen mit ihm verfahre. Dies aber war derselbe, Herr Schlinzgau Helmbrecht. Da stach ihm der Scherge die Augen aus. »Dies«, sprach er, »um deinen Vater.« Dann schlug er ihm eine Hand und einen Fuß ab. »Dies«, sagte er, »um deine Mutter.«

An einem Kreuzweg war's, da nahm der blinde Dieb Helmbrecht jammernd Abschied von seiner Schwester Gotlinde. Ein Stab und ein Knecht führten ihn heim in seines Vaters Haus. Aber der behielt ihn nicht und jagte ihn fort. »Deus sal, Herr Blinder«, rief er ihm zu,

»meine Knechte sollen Euch mit Schlägen von hinnen treiben, wenn Ihr nicht selber geht.« »Kennt Ihr mich nicht, ich bin's, Euer Kind«, sagte in Jammer und Scham der Blinde. »Ei, was Ihr Eisen fräßt, wenn Ihr nun auf dem Hengste säßet«, erwiderte der Alte. »Ist Schlinzgau nun ein blinder Mann? Geht dahin und kehret nimmer vor meine Tür!« »Überwindet den Teufel in Euch um den Willen Gottes«, flehte der Arme, »und laßt mich Elenden hier unterkriechen. Die Bauern sind mir gram und jagen mich fort, so weiß ich

niemand, der sich meiner erbarmen möchte.« Aber der Wirt entgegnete, ob ihm das Herz auch brechen wollte, denn es war sein eigen Fleisch und Blut, was da verwüstet und blind vor seiner Türe stand: »Ich kann es nicht, Ihr wart zu grauenvoll. Nie ging Euer Pferd in sanftem Trab, Ihr ließt es nur sausen und stieben. Mann und Weib atmen befreit, nun Ihr so elend geworden. Lieber wollt' ich, den ich nie mit Augen sah, bis an seinen Tod im Hause pflegen, als Euch auch nur die Hälfte meines Brotes reichen. Drei meiner Träume sind an Euch erfüllt, weh, wenn auch der vierte Wahrheit würde.« »Führe ihn fort, Blindenknecht«, rief er dann dem Begleiter des Elenden zu und schlug ihn. »Ich will keinen Blinden schlagen, doch möcht' ich mich anders besinnen, wenn es noch lange währt.« Dann schob er den Riegel vor. Aber die Mutter steckte ihrem Kinde heimlich ein Brot zu und hieß ihn gehen. Gebückt schlich er sich weiter. Doch wo er draußen auf den Feldern erschien, schrien die Bauern ihm und dem Knechte zu: »Ha, ha, Dieb Helmbrecht, wärst du ein Bauer geblieben wie ich, man führte dich nicht als einen Blinden durchs Land.«

So lebte er noch ein volles Jahr in bittrer Not, bis er durch Hängen den Tod erlitt. Als er nämlich eines Morgens durch einen tiefen Wald ging, um sich Nahrung zu suchen, bemerkte ihn ein Bauer, der mit einigen andern zum Holzklöben da draußen war, wie er blind seines Weges daherkam. Sogleich fragte der Mann seine Gesellen, ob sie ihm gegen ihn helfen wollten? Denn Helmbrecht hatte ihm einst eine Kuh geraubt, da niemand als die Kinder sie hüteten. »Hol mich der Teufel, wenn ich ihn nicht zu Staub zermalme, feiner, als man ihn in der Sonne wirbeln sieht!« rief unverzüglich einer von den Angeredeten: »Mir und meinem Weib zog er einmal die Kleider vom Leibe, dafür nehm ich mir ihn als Pfand.« »Und wenn er drei statt einer wäre«, fiel ein zweiter ein, »die brächt' ich ganz allein um. Mir hat er die Hütte erbrochen und alles genommen und verschleppt, was darinnen war.« Ein dritter bebte wie Laub, als er seiner ansichtig wurde: »Ich drehe ihm den Hals ab wie einem Huhn«, rief er: »Bei dunkler Nacht stieß er mir mein schlafend Kind mit in seinen Sack, als er das Bettzeug rauben wollte, und schüttete es in den Schnee, der Hund, als es erwachte und schrie.« »Hei, daß ich ihn noch einmal mit Augen sehen darf, um nach Herzenslust mein Spiel mit ihm zu haben!« sagte der vierte. »Mein Kind hat er genotzüchtigt, mich selbst der Kleider beraubt, so daß ich nackend blieb wie ein Besenstiel! Und wär er dreimal blind und groß wie ein Haus, ich hing ihn doch an dem ersten Aste, den ich finde!« »Hierher, hierher, näher, näher«, schrien sie alle auf einmal, gingen auf den Blinden los und schlugen ihn. »Nun hüte deine Mütze, Helmbrecht!« riefen sie dann und fuhren ihm mit wütenden Fäusten in sein goldenes Haar. Da ward alles zerrauft und zerstört, was der Scherge etwa noch übrig gelassen. In Fetzen, keinen Pfennig groß, zerfiel die kostbare Mütze, und Sittiche und Lerchen, Sperber und Turteltauben bedeckten in Stücke gerissen den Weg. Locken seines Haars und Fähnlein zerschlissenen Zeuges flatterten durch die Luft, bis sein Kopf kahl, sein wildes gelbes Gelock auf dem Boden zerstreut, die Haube zu wehenden Fäden zernichtet war. Sie ließen ihn keine Beichte sprechen, einer kratzte einen Brosamen Erde auf und reichte ihm den als Zins für das höllische Feuer. Dann hängten sie ihn an einem Baume.

Die Wiener Meerfahrt

In der guten Stadt Wien in Österreich trug sich einmal eine höchst seltsame Geschichte zu. Wer die Stadt kennt, weiß, daß sich's darin gut und in Freuden leben läßt, wenn man nur Golds und Silbers nicht spart. Zwar gibt es dort ein Bad, wo ein Mann, der da als Fremder hineingerät, gleich ums Geld samt den Kleidern geprellt wird, so daß er schier nackend und seiner Barschaft beraubt wieder herauskommt, sonst

aber ist die Stadt jeden Lobes wert: erfüllt von Rossen und Wagen, lebt sie in allerlei Kurzweil, Singen, Sagen und Saitenspiel. Nichts Adliges oder Gemeines, das dort für Geld nicht zu kaufen wäre: Störe aus der Donau, süßer Wein aus Ungarn und manches lustige Fräulein lieblich und reich.

Eines Tages nun hatte sich eine Gesellschaft von reichen Bürgern, teils solche, die schon miteinander bekannt waren, teils fremde Zuzügler, beim Weine zusammengefunden. Man wurde bald fröhlich, denn der Wein, den man dort schenkt, ist gut und stark und ein gewaltiger Sorgenbrecher. Speisen wurden da aufgetragen, daß die Tische sich bogen, wohl zubereitet mit Gewürzen und Safran, damit der Wein um so süßer munde, dazu gescherzt, gelacht und getrunken den ganzen langen Tag. Es war ein laubenartiger Söller, mit grünem Gras bestreut, wo das Gelage stattfand. Da wurden die Gläser selten leer, sie tranken, bis ihnen die Köpfe dampften. Aber auch dann kannten sie noch kein Erbarmen. Becher um Becher wurde bis zum Grund gekostet, daß am Ende einer den andern nicht mehr erkannte. Als der Abend gekommen und das Licht angezündet war, ging es erst recht an ein Zechen und Pokulieren, immer wieder schrien sie nach neuem Wein, dem Wirt nicht eben zuleide, bis ihnen die Füße wie Kugeln rollten. Da wurde ein jeglicher von ihnen ein reicher Mann: der sich sonst kümmerlich von einer Morgensuppe ernährte, gelobte nun seinem Freunde feierlich, ihn mit Geld und Kleidern zu beschenken: der beklagte seine Sünden, jener berechnete seinen Stammbaum von Adams Rippe her, durch den er mit seinem Nachbar nicht weitläufiger verwandt sei, als Akers in Palästina von Prag entfernt liege. Darüber wurden beide ohnemaßen glücklich. Dieser erzählte vom Meer und der Pilgerfahrt zu St. Jakob von Kompostella, ein andrer wieder vom Heerzug wider die preußischen Heiden, ein dritter wurde so gelenk, daß er taumelnd von der Tafel auf die Bank hinuntersprang, um Zeit seines Lebens davon hinkend zu bleiben. Selbst die Stärksten fielen unter die Bänke, indes der Küfer ununterbrochen mit leeren und gefüllten Krügen hin- und widerlief.

In dieser Weise ging es eine erkleckliche Zeit her, da sagte einer von den Bürgern: »Wenn Ihr mir folgen wolltet, so hätte ich einen Vorschlag zu machen, was nun am besten zu tun wäre.« »Laß Wein bringen!« schrien alle, »so wollen wir hören, was Wunderbares du uns zu sagen hast.« »Es ist an der Zeit«, sprach der Bürger, »daß wir uns zusammentun und, wie wir hier sind, zu Gottes Ehre über Meer fahren.« »Wohl gesprochen, Nachbar!« rief einer, der neben ihm saß, bald begannen auch drei und vier den Ablaß zu preisen, den man über Meer holt, schließlich schrie die ganze Kumpanei mit Tosen und Lärmen: »Auf! Laßt uns mit einer stattlichen Schar dahinfahren um Gottes Barmherzigkeit willen!« Man beschloß, Akers in Palästina zum Ziel der heiligen Reise zu wählen, und begann sogleich mit den Zurüstungen. Alle rückten näher zusammen, der Wein stieß ihnen ins Hirn, sie malten sich aus, was Wunders sie alles mit sich führen wollten: Speisen die Menge wurden da ins Schiff geschafft, Fässer guten Getränks und ganze Berge von Gold und Silber. Der Küfer füllte die Krüge, auch der Wirt stieß noch bei Nacht zu den Pilgrimen und ließ am Ende eine große Menge Latwerge herbeiholen. Dieser gab Muskat, der Ingwer, jener Galpan, der eine Rosinen, der andre Näglein dazu. So tranken sie den Wein, heiß und kalt, daß die Alten jung und die Jungen alt davon wurden. Sie hatten es eilig mit der Fahrt, aber das Meer war immer noch weit. Da erhuben sie ein gewaltiges Singen, daß der Söller von dem Lärmen erzitterte, und neigten ihre Häupter, zum Danke, daß des süßen Weines Kraft sich so gewaltig an ihnen bewähre. Alle brannten vor Ungeduld nach dem Meer, tranken und fuhren immerzu, bis es ihnen schien, als ob sie nun den halben Weg gefahren wären. Da schrien sie, man möge nur um Gottes willen das Schiff wohl bewahren, damit ihnen nicht am Ende das Wasser etwas antäte: so wurde das Segel aufgesetzt und der Anker gelichtet. Höher und höher schwoll die Flut des Weins: man redete, schwatzte, pries die heilige Fahrt, zechte, daß sich die Balken bogen, und hatte richtig bald das Gefühl, auf offenem Meere zu treiben. Da erhuben sie mit lauter Stimme ihren Pilgergesang:

»In Gottes Namen fahren wir!«, daß es von dem Söller in die Nacht hinausschallte. Einer sagte: »Freund, dir übergebe ich Weib und Kind auf Seele und Leben, daß du sie mir wohl behütest, wie es einem Freunde geziemt.« Der eine kannte den andern nicht mehr, so fuhren sie gehobenen Mutes weiter, beteten um guten Wind, schrien oder flehten, der Küfer möge neuen Wein bringen, und ließen sich dessen süßen Duft unter die Nase schlagen. Dieser lag da und schlief, der rief und tobte, jener fiel stolpernd zu Boden. »Es ist das Schiff, was so schwankend geht«, sprach einer. »Ein Unwetter kommt über uns«, schrie der andre. Darob geriet ein dritter in Angst und begann, sich heftig vor dem Winde zu bekreuzen. »Ach«, rief ein vierter, »wie tut mir doch der Kopf so weh! Aber nun möge es gehen, wie Gott will. Soll ein Unwetter herankommen, ach, wir werden geringe Freude davon haben.« Da erhub sich ein gewaltiges Trauern und Wehklagen unter ihnen, der beklagte sein Leben, jener Kinder oder Weib, einer seine Seele, ein andrer Geld und Gut. Mit Händen und Füßen ging es an ein Schwören und Geloben, sie wollten Buße tun für alle ihre Sünden, so daß ein allgemeines Schreien, Tosen und Lärmen entstand. Der Morgen kam, und sie fuhren immer noch in Sorgen und waren, weiß Gott, noch nicht einmal halbwegs bis Brindisi. Und obwohl das Meer des Weins nun auf das höchste stieg, war dennoch weit und breit kein Land in Sicht, so daß sie zu Gott zu flehen begannen: »Hilf, Herr, hilf den armen Geschöpfen deiner Hände, gib Lehre und Rat, sonst müssen wir gänzlich verderben!« Da sah einer von ihnen einen reichen Bürger, der vom Tisch unter die Bank gefallen war, auf dem Boden liegen. »Gefährten!« rief er, »danket alle Gott, daß er uns geholfen hat! Denn nun soll Rats werden in dieser großen Wassernot! Hier liegt einer von uns Pilgern tot auf der Erde, der war schuld daran, daß das Meer sich so heftig erboste! Nehmt diesen toten Mann, der uns nichts hilft, und werft ihn aus dem Schiffe ins Wasser, so wird es mit Toben aufhören.« »So walte unser der große Gott!« riefen alle auf einmal, »er ist sicherlich ein Verdammter gewesen, daß ihn das Meer so schlecht leiden mochte.« Froh des Rates, standen diejenigen, die noch einigermaßen zu gehen vermochten, auf, drangen gemeinsam herzu und hoben den Liegenden unter zornigem Geschrei an das hochgelegene Fenster. Der Mann begann zu rufen: »Laßt mich, Ihr seht doch, daß ich nicht tot und so gesund wie Euer einer bin.« Aber

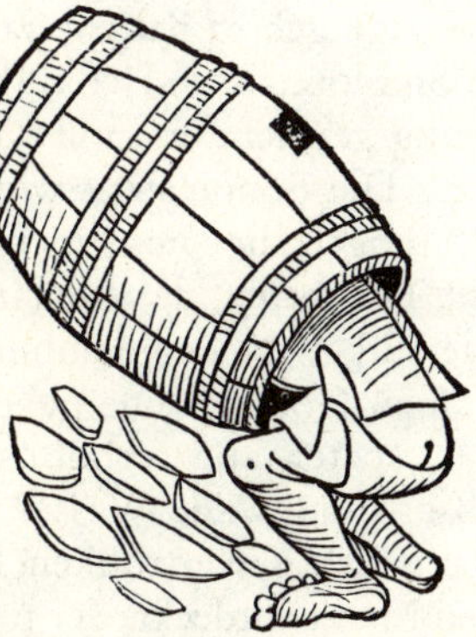

sie schrien einer wie der andre: »Ihr seid ein Verdammter, Euer Leben ist ohnehin verwirkt!« und warfen ihn, was er auch rief und bat, zum Fenster hinaus vor die Tür, mitten auf die Straße. Das ging kräftig über Stock und Stein, daß ihm Arm und Bein davon zerbrach. Dann setzten sie sich fröhlich wieder hin und tranken weiter. Der Söller schwamm von Wein, sie aber waren allen Streits und Kummers ledig und sprachen untereinander: »Uns ist großes Heil widerfahren, daß wir den Verdammten noch rechtzeitig hier liegen gesehen haben. Aber Gott selber hat ihn vertrieben und aus dem Schiffe geworfen mit seiner göttlichen Hand, als das Wasser schon über den Bord schlug. Heil uns, daß er unsere Gebete erhört hat.« Und laut begannen sie, Gott Lob und Preis zu singen. Der Bürger, der unten lag, schrie zwar mit durchdringender Stimme Zetermordio, sie aber hörten es nicht, denn sie sangen und freuten sich unbändig, daß sie die Fahrt gen Akers unternommen hatten.

Inzwischen war es Tag geworden, da lagen sie überall wie die gemähten Garben umher, auch der Wirt lag bei seinen Gästen mitsamt dem Küfer, der statt der Rechnung den Wein im Kopfe hatte. Einige Nachbarn, die von dem Gelage gehört hatten, kamen nun herbei und riefen die Sinnlosen an: »Heda, Ihr, habt Ihr nun nicht lange genug gewacht und mit wüstem Lärm die Nacht verzecht? Die Sonne steht wohl schon baumhoch!« »Das mögt Ihr uns nicht mißgönnen«, entgegneten die Trunkenbolde, »wir sind die Nacht mit großen Freuden über Meer gefahren, gewaltig und ganz ohne Waffen. Gott hat uns geholfen und guten Wind gegeben, später aber erhob sich ein großes Unwetter, daß uns das wilde Wasser gewaltig in das Schiff rann. Wir wären rein ertrunken, hätte nicht einer der Pilger einen Mann entdeckt, der tot im Schiffe lag. Den warfen wir nach Gottes und des Schiffsherrn Gebot ins Meer, so wurde zum Glücke der Sturm und der Donner besänftigt.«

Unterdessen hatte der Bürger, der aus dem Fenster geflogen war, immerzu laut geschrien und Klage erhoben. Von allen Seiten strömten die Leute zusammen und drängten sich um ihn. Als seine Freunde sahen, welcher Schaden ihrem Verwandten geschehen war, liefen sie zornig hinauf, um die zu erschlagen, die das getan hatten. Aber die Trunkenen erwiderten: »Was wollt Ihr von uns? Haben wir darum Gott gedient und auf dem heiligen Pilgerwege alles verzehrt, was wir besaßen, damit Ihr uns nun feind sein sollt? Hätte der Mann uns nicht gerettet, wir wären allsamt verloren gewesen. Auch taten wir nichts, als was der Schiffsherr uns hieß – halleluja!« Aber die Freunde waren damit nicht zufrieden, drängten mit klingenden Schwertern herzu und forderten Rechenschaft. Das wäre ein böser Sturmwind geworden, hätten sich nicht einige von den Nachbarn ins Mittel gelegt und zum Frieden geraten, da alles nur von der großen Trunkenheit gekommen sei. Damit nahm jeder seinen Freund unter den Arm und führte ihn zu Bette, wobei es wohl wunderlich genug hergegangen sein mag. Volle drei Tage schliefen die Trunkenen. Als sie am Morgen des vierten erwachten, standen sie, nichts Gutes ahnend, auf und wurden rot vor Scham, als sie des Schadens inne wurden, den sie angerichtet hatten. Der Bürger, der reichlich Zeit brauchte, seine zerbrochenen Glieder wieder zu heilen, verklagte sie, und sie mußten froh sein, als zweihundert Pfund Silbers als Sühne genügend erachtet wurden. Mit so viel Geld freilich ist es nicht schwer, bis nach Akers in Palästina zu kommen.

Die drei Wünsche

Ein Mann sprach einmal zu seinem Weibe: »Gott tut großes Unrecht an uns, daß er uns so elend in Armut leben läßt. Soll es bis zu meinem Tode nicht anders werden, eher möchte ich mich selber töten. Mich grämt unsere Armut so sehr, daß ich nicht weiß, was beginnen, und ich bin Leides und Zornes übervoll. Ich wüßte nicht, daß ich mich je wider Gott oder dich vergangen hätte. Oder hast vielleicht du etwas wider Gottes Gebot getan, dann sag' es mir, daß ich dir büßen helfe!« Aber die Frau erwiderte, sie habe nie etwas begangen, daß nicht auch er daran beteiligt gewesen wäre. »Dann«, rief er, »ist mir wahrlich unbekannt, weshalb Gott uns so sehr aller Ehren und Güter beraubt, aber glaube mir, wenn wir nur recht wollten, er gewährte uns sicherlich, was wir begehren. Darum laß uns wachen und inbrünstig bitten Tag und Nacht, daß er uns groß Gut verleihe, so wird er uns willfahren.« Damit war die Frau gerne einverstanden, denn auch ihr schien ein schneller Tod dem langen Leiden vorzuziehen. So säumten sie denn nicht länger, beteten, wachten und fasteten mit Anstrengung und kannten keine Ermüdung, bis Gott ihnen endlich einen Engel sandte, der dem Manne erschien und also zu ihm sprach: »Was bittest du um Reichtum? Solltest du reich sein, Gott hätte dir längst dein Recht getan und Güter gegeben, wie er jenen ihr Recht tut, die zu hohem Reichtum geschaffen sind. Ich bin der Engel, der dich zu schützen hat, aber deine Torheit macht meine Arbeit zuschanden und bringt mir nichts als Leid.« Da erwiderte der Mann: »Daß ich so arm bin, darin hat Gott mir Gewalt angetan, und ich werde so lange darum bitten, bis er mir meinen Willen tut.« »Wohl«, sprach da der Himmelsbote, »da du nicht Gott noch mir

Glauben schenken willst, so sollen dir alle Güter der Erde zuteil werden, damit du dein Heil mit ihnen versuchest. Wirst du dann doch ein armer Mann, so ist die Schuld an keinem andern denn an dir. Dreier Wünsche Gewalt soll dein sein: was deine drei ersten Wünsche sind, das wird wahr. Und lebtest du tausend Jahre, du hättest genug und übergenug, nun sieh zu, ob der Reichtum Lust hat, bei dir zu hausen.« »Hei, so bin ich reich«, erwiderte der Mann und eilte schnell zu seinem Weibe hinein. »Weib«, sprach er, »unsere Not ist geendet, mehr, als wir selbst erbeten haben. Drei Wünsche sind uns gegeben, die werden alle wahr. Nun rate, was da am besten zu wünschen wäre? Wie wär's mit einem großen Berg voll Gold und einer festen und hohen Mauer darum, damit uns das Vieh nicht dran kann? Oder mit einem Schrein voll guter Pfennige, die sich nie vermindern, wieviel ich auch davon wegnehme oder andern zu nehmen erlaube?« Da entgegnete das Weib: »Ich höre, daß wir wahrlich Überfluß haben und nicht zu sparen brauchen. Darum tu, worum ich dich bitte, und überlaß einen von den Wünschen mir, mit den zweien, die übrigbleiben, hast du, denk' ich, mehr als genug. Ich habe, weiß Gott, auch meine Knie gebogen, und wenn Gott uns so wohlgetan hat, so ist es nicht minder durch mein Gebet als durch das deine geschehen. Deshalb sträube dich nicht länger und gib mir den Wunsch, der mir gebührt!« »Du sollst ihn haben«, antwortete er, »aber paß mir auf, daß du was Rechtes dabei wünschest!« »So wolle Gott«, sprach sie sogleich, »ich hätte jetzt das schönste Kleid auf dem Leibe, das je ein Weib in dieser Welt getragen.« Kaum war der Wunsch geschehen, so hatte sie es auch schon an. »Unseliges Weib«, rief da der Mann, »hättest du nicht gleich alle Weiber so schön kleiden können? Aber du bist nie jemandes Freund gewesen und hast eine geizige Seele. Daß dir doch das Kleid in den Bauch führe, wenn du so gefühllos bist, daß du einmal satt daran würdest!« Sogleich wurde das Wort wahr: das Kleid fuhr in das Weib und saß ihr im Bauche. Da begann sie fürchterlich zu schreien, denn ihr war mehr als übel, und schrie und schrie immer lauter. Als man den Lärm vernahm, kamen die Nachbarn von allen Seiten zusammengelaufen und fragten, was es da gäbe? Da sagte sie ihnen, was geschehen war und daß ihr Mann sie in diesen Zustand gebracht. Das erfüllte ihre Freunde mit Zorn, lärmend und drohend drangen sie auf ihn ein und riefen: »Erlöst das Weib, sonst soll es Euch übel ergehen!«, zückten ihre Messer und wollten ihm ans Leben. Als er sah, wie die Frau litt und zudem seine Feinde ihn bedrohten, blieb ihm keine Wahl: »So möge denn Gott sie sanft erlösen«, rief er, »daß sie gesund sei wie vordem.« Da hörten die Schmerzen auf, und alles stand, wie es ehdem gestanden. So hatten die drei Wünsche ein schmähliches Ende genommen, und die beiden waren arm, wie sie es immer gewesen. Der Mann aber, dem man Schuld daran gab, ward eine Schande und ein Spott für alle Welt und wurde von den Leuten so grimmig verhöhnt, daß er am Ende vor bitterm Leide starb und verdarb.

Der Welt Lohn

Es war einmal ein Ritter, der rang mit allen Kräften spät und früh nach dem Lohn der Welt: Ehre, Pracht und Frauendienst waren die Werke, um die er sich zeit seines Lebens mühte, und alles Hohe und Gewaltige, das er tat, kam ihm denn auch als Ruhm und Preis zurück: denn alle Zungen erhuben ihn weit über jeden seinesgleichen und priesen ihn als den besten Mann in allen deutschen Landen. Er bedachte und betrachtete die Welt wohl und hatte früh gelernt, wie man sich in den Augen der Menschen erhöht und aufsteigt an Ehren und Würden. Ihm mangelte nichts, den Preis zu erringen, er schien vollkommen an Worten und Werken, lebte freigebig, trug erlesene Kleider, pürschte, beizte und jagte, spielte Schach und die köstlichsten Saiteninstrumente, lag emsig in Turnier und Fehde und liebte die Frauen so sehr, daß alle ihm ergeben wurden und seinen Leib und seine Treue rühmten. Sein Name aber war Wirnt von Grafenberg.

Eines Tages nun saß er in seinem Gemache und las freudig in einem Buche, das er in der Hand hielt und worin allerlei Liebesaventüren geschrieben standen. Damit vertrieb er sich die Zeit den ganzen langen Tag bis zur Vesper, hingenommen von süßer Rede, die er in dem Buche las. Da kam plötzlich ein Weib dahergegangen, schöner, als er je eines gesehen, vollkommen, mit lieblichen Brüsten und herrlicher als Venus und Pallas und alle Göttinnen, die einst der Liebe ergeben waren. Ihr Antlitz war erleuchtet wie ein Spiegel, ihre Schönheit gab so lichten Schein und Farbenglanz, daß der ganze Palast von ihrem Leibe erstrahlte, und ihre Gewänder und Krone waren so reich, daß keines Goldes Wert sie je aufwiegen konnte. Erschrocken von dem ungeheuren Anblick, erbleichte Herr Wirnt von Grafenberg. Bebend und fahl begrüßte er die Liebliche und sprach mit süßem Munde: »Frau, seid mir Gott willkommen, ich habe nie Euresgleichen gesehen!« »Liebster, warum erschrickst du vor mir?« entgegnete die Leuchtende. »Bin ich doch dasselbe Weib, für das du von je Seele und Leben gewagt hast. Von mir kam dir der hohe Sinn, von mir hast du gesprochen und gesungen, wenn etwas Süßes dir einfiel. Du bist wie ein Maienreis, blühend in allen holden Farben der Erde, dein ist der Kranz der Ehren von Kindheit auf. Immer hast du mir gedient, und dein Sinn war lauter und wankte nicht von mir. Darum komme ich her, daß du mich ganz und gar betrachten magst, wie schön ich sei und über allen Wunsch vollkommen: denn alles dies soll dir zum Lohne werden und wird dein sein, was deine trunkenen Augen an mir erspähen.«

Diese Rede kam dem Herrn seltsam vor: denn die Frau sagte, er habe ihr gedient, er aber hatte sie nie zuvor gesehen. »Hohe Frau«, sprach er, »begehrt Ihr mich zum Knechte, so will ich Euch dienen bis an meinen Tod. Aber daß ich Euer Dienstmann gewesen bin, wahrlich, davon weiß ich nichts, denn meine Augen haben Euch noch nie erschaut. Wer seid Ihr, Herrliche? Von wannen stammt Ihr und wie nennt Ihr Euch? Sagt mir dies an, damit ich wisse, ob ich je bei meinen Tagen ein Wort von Euch gehört.«

»Das soll geschehen«, erwiderte die wunderbare Frau, »ich will dir meinen hochgepriesenen Namen sagen. Du brauchst dich dessen nicht zu schämen, daß du mir untertänig bist. Denn mir dient, was auf der Erde lebt, Kaiser und Könige sind unter meiner Krone, Grafen, Freiherren und Herzoge haben ihre Knie vor mir gebeugt und gehorchen meinen Geboten. Ich fürchte niemand außer Gott, er allein hat Gewalt über mich. Denn ich heiße Frau Welt, der du so lange nachgestrebt. So sei denn also von mir belohnt, wie ich dir nun zeigen will. Sieh her!«

Sie kehrte ihm den Rücken zu: da sah er, daß der allerenden voll häßlicher Schlangen, Kröten und Nattern hing. Blattern und abscheuliche Geschwüre bedeckten die Haut, Fliegen und Ameisen saßen gräßlich darin, und die Maden hatten das Fleisch bis auf das Gebein weggezehrt. Ein angsterregender Gestank ging von dem widerlichen Leibe aus, und das reiche seidene Gewand schien trüb und fahl wie Asche.

Damit verschwand sie. Der Wirnt von Grafenberg aber nahm bald darauf das Kreuz und fuhr ins Morgenland, um als ein Streiter Christi sich das ewige Seelenheil zu erkämpfen.

insel taschenbücher

Alphabetisches Verzeichnis

Ali Baba und die vierzig Räuber it 163
Allerleirauh it 115
Alte und neue Lieder it 59
Andersen: Märchen (3 Bände) it 133
Lou Andreas-Salomé: Lebensrückblick it 54
Apulejus: Der goldene Esel it 146
Arnim/Brentano: Des Knaben Wunderhorn it 85
Arnold: Das Steuermännlein it 105
Bakunins Beichte it 29
Balzac: Das Mädchen mit den Goldaugen it 60
Baudelaire: Blumen des Bösen it 120
Bierce: Mein Lieblingsmord it 39
Blake: Lieder der Unschuld it 116
Die Blümlein des heiligen Franziskus von Assisi it 48
Boccaccio: Das Dekameron it 7/8
Brandys: Maria Walewska, Napoleons große Liebe it 24
Brentano: Gockel Hinkel Gackeleia it 47
Brontë: Die Sturmhöhe it 141
Büchner: Der Hessische Landbote it 51
Busch: Kritisch-Allzukritisches it 52
Campe: Bilder Abeze it 135
Carroll: Alice hinter den Spiegeln it 97
Carroll: Alice im Wunderland it 42
Cervantes: Don Quixote (3 Bände) it 109
Chamisso: Peter Schlemihls wundersame Geschichte it 27
Claudius: Wandsbecker Bote it 130
Dante: Die Göttliche Komödie (2 Bände) it 94
Daudet: Tartarin von Tarascon it 84
Defoe: Robinson Crusoe it 41
Denkspiele it 76
Die großen Detektive it 101
Diderot: Die Nonne it 31
Eisherz und Edeljaspis it 123
Der Familienschatz it 34
Flaubert: Ein schlichtes Herz it 110
Fontane: Der Stechlin it 152
Fontane: Effi Briest it 138
Caspar David Friedrich: Auge und Landschaft it 62
Manuel Gassers Köchel-Verzeichnis it 96
Das Geburtstagsbuch it 155

Geschichten der Liebe aus 1001 Nächten it 38
Gespräche mit Marx und Engels (2 Bände) it 19/20
Goethe: Dichtung und Wahrheit (Kassette)
it 149/it 150/it 151
Goethe: Die Leiden des jungen Werther it 25
Goethe: Die Wahlverwandtschaften it 1
Goethe: Faust (1. Teil) it 50
Goethe: Faust (2. Teil) it 100
Goethe: Reineke Fuchs it 125
Goethe: West-östlicher Divan it 75
Hebel: Kalendergeschichten it 17
Heine: Buch der Lieder it 33
Heras: Am Anfang war das Huhn it 185
Hesse: Dank an Goethe it 129
Hesse: Geschichten aus dem Mittelalter it 161
Hesse: Kindheit des Zauberers it 67
Hesse: Leben und Werk im Bild it 36
Hesse: Pictors Verwandlungen it 122
Hillmann: ABC-Geschichten von Adam bis Zufall it 99
E. T. A. Hoffmann: Kater Murr it 168
Hölderlin-Chronik it 83
Homer: Ilias it 153
Ricarda Huch: Der Dreißigjährige Krieg
(2 Bände) it 22/23
Jacobsen: Niels Lyhne it 44
Kant-Brevier it 61
Kaschnitz: Eisbären it 4
Kästner: Die Lerchenschule it 57
Kästner: Die Stundentrommel
vom heiligen Berg Athos it 56
Kästner: Griechische Inseln it 118
Kästner: Kreta it 117
Kästner: Ölberge, Weinberge it 55
Zum Kinderbuch it 92
Kinderheimat it 111
Kinder- und Hausmärchen gesammelt durch
die Brüder Grimm it 112/it 113/it 114
Klingemann: Nachtwachen von Bonaventura it 89
Konfuzius: Materialien zu einer Jahrhundert-
Debatte it 87
Kropotkin: Memoiren eines Revolutionärs it 21
Laclos: Schlimme Liebschaften it 12
Das große Lalula it 91
Das Buch der Liebe it 82
Lichtenberg: Aphorismen it 165

Linné: Lappländische Reise it 102
Lorca: Die dramatischen Dichtungen it 3
Majakowski: Werke I it 16 Werke II it 53 Werke III it 79
Märchen deutscher Dichter it 13
Maupassant: Pariser Abenteuer it 106
Michelangelo: Handzeichnungen und Dichtungen it 147
Michelangelo: Leben und Werk it 148
Minnesinger it 88
Mirabeau: Der gelüftete Vorhang it 32
Mordillo: Das Giraffenbuch it 37
Mordillo: Das Giraffenbuch 2 it 71
Mordillo: Träumereien it 108
Morgenstern: Alle Galgenlieder it 6
Mörike: Die Historie von der schönen Lau it 72
Mozart: Briefe it 128
Musäus: Rübezahl it 73
Mutter Gans it 28
Die Nibelungen it 14
Nietzsche: Also sprach Zarathustra it 145
Orbeliani: Die Weisheit der Lüge it 81
Orbis Pictus it 9
Ovid: Ars Amatoria it 164
Paul: Des Luftschiffers Gianozzo Seebuch it 144
Phaïcon 1 it 69
Phaïcon 2 it 154
Pöppig: In der Nähe des ewigen Schnees it 166
Polaris 1 it 30
Polaris 2 it 74
Polaris 3 it 134
Potocki: Die Handschrift von Saragossa it 139
Rabelais: Gargantua und Pantagruel (2 Bände) it 77
Die Räuber vom Liang Schan Moor (2 Bände) it 191
Rilke: Ausgesetzt auf den Bergen des Herzens it 98
Rilke: Das Buch der Bilder it 26
Rilke: Duineser Elegien / Die Sonette an Orpheus it 80
Rilke: Geschichten vom lieben Gott it 43
Rilke: Neue Gedichte it 49
Rilke: Das Stunden-Buch it 2
Rilke: Wladimir, der Wolkenmaler it 68
Rilke: Leben und Werk im Bild it 35
Schlote: Das Elefantenbuch it 78
Schlote: Fenstergeschichten it 103
Schmögner: Das Drachenbuch it 10
Schmögner: Das unendliche Buch it 40

Schwab: Sagen des klassischen Altertums
(3 Bände) it 127
Shakespeare: Sonette it 132
Shaw-Brevier it 159
Sindbad der Seefahrer it 90
Sophokles: Antigone it 70
Sophokles: König Ödipus it 15
Stendhal: Über die Liebe it 124
Stevenson: Die Schatzinsel it 65
Storm: Am Kamin it 143
Swift: Ein bescheidener Vorschlag ... it 131
Swift: Gullivers Reisen it 58
Toepffer: Komische Bilderromane (2 Bände) it 137
Tolstoj: Die großen Erzählungen it 18
Turgenjew: Väter und Söhne it 64
Der Turm der fegenden Wolken it 162
Twain: Huckleberry Finns Abenteuer it 126
Twain: Tom Sawyers Abenteuer it 93
Voltaire: Candide it 11
Voltaire: Zadig it 121
Wagner: Ausgewählte Schriften it 66
Walser: Fritz Kochers Aufsätze it 63
Das Weihnachtsbuch it 46
Das Weihnachtsbuch der Lieder it 157
Das Weihnachtsbuch für Kinder it 156
Wilde: Die Erzählungen und Märchen it 5
Wilde: Salome it 107
Wilde: Leben und Werk it 158
Zimmer: Yoga und Buddhismus it 45